강화학개론

빈형 게임 판타지 장편소설

WISHBOOKS FANTASY STORY

강화학개론 3

빈형 게임 판타지 장편소설

초판 1쇄 찍은 날 | 2017년 7월 13일
초판 1쇄 펴낸 날 | 2017년 7월 20일

지은이 | 빈형
펴낸이 | 예경원

기획 | 위시북스
편집책임 | 박우진
편집 | 이즈플러스

펴낸곳 | 예원북스
등록번호 | 제396-2012-000132호
등록일자 | 2012. 7. 25
KFN | 제1-125호

주소 | 경기도 고양시 일산동구 호수로 646-24 위너스21 II 빌딩 206A호 (우)10401
전화 | 031-819-9431 팩스 | 031-817-9432
E-mail | yewonbooks@naver.com

ISBN 979-11-6098-378-4 04810
       979-11-6098-321-0 (set)

강화학개론

빈형 게임 판타지 장편소설
WISHBOOKS FANTASY STORY

강화학개론

CONTENTS

Episode 10.
소원을 말해봐

1

"설치 완료됐습니다."

"수고하셨습니다."

10평 남짓한 오피스텔.

이사 전에 살던 곳과 같은 평수임에도 차원이 다른 깔끔함이 있었다! 물론 여전히 캡슐을 들여놓으면 좁아 보이지만 그래도 어제까지 살던 원룸과 비교할 수 없다. 물을 틀면 온수가 나오고 벌레를 찾아볼 수 없는 쾌적함까지. 월세가 100만 원임을 제외하면 완벽한 집!

"후."

하지만 두 배 푹신해진 침대에서 뒹구는 한시민의 한숨은 깊어만 진다. 이유는 어젯밤의 참사!

어찌 보면 신은 기도에 대한 보상을 충분히 해주었다. 원하는 대로 진화시켜 줬고 추가 옵션까지 붙여줬으며 마지막엔 스페셜 옵션까지 서비스로 던졌으니까.

아이템의 진화와 옵션은 한시민의 초능력으로도 어찌할 수 없는 영역이다. 그러니 성공을 뿌듯해해야 하는 상황.

"시바, 운이 좋아도 지랄이네."

게다가 아이템이 귀속되었다고 인생이 끝난 건 아니다. 당장 그에겐 어떠한 도움도 되지 않지만 활용해 돈을 벌 방법은 많다.

다만 일확천금의 기회는 확실히 사라졌다.

그 하나만은 변하지 않는 진실이다.

"……."

그 충격으로 벌써 12시간이나 현실에서 로그아웃하지 않고 있고.

다행인 점은 한강 물 어쩌고저쩌고해도 뛰어들 마음 따위는 조금도 없다는 것 정도?

당장 캡슐을 쓰레기통에 던지지 않고 옮겨온 게 그 증거!

어쩌겠나. 먹고는 살아야지.

"에휴."

그렇다 해도 도저히 아이템 스크린 샷을 판월에 올릴 엄두는 나지 않았다. 올리기만 하면 바로 한 등급 올라갈 게 분명함에도.

속이 쓰리다. 그리고 짜증이 난다. 이걸 보고 어떻게든 한 발 걸쳐 이득 좀 보겠다고 달려들 잔챙이들이.

'물은 엎질러졌어.'

차분히 마음을 가다듬으며 앞으로의 행보에 대해 생각하기로 했다.

엎질러진 물은 주워 담을 수 없다. 물론 물은 다시 뜨면 그만이지만 지금 쏟은 건 거의 달에서 떠온 수준! 다시 뜰 수도 없다.

그럼 쏟은 걸 마시기라도 해야지.

'젠장, 팔자에도 없는 심매미(가만히 줄에 매달려서 경험치를 먹는 역할) 하게 생겼네.'

인상이 절로 찌푸려졌다.

귀속되어 버린 헌신하는 축복의 반지를 가장 가치 있게 활용할 방법이 그것뿐이라니.

머리를 벅벅 긁으며 침대에서 일어났다. 12시간이나 퍼질러 있었으면 충분히 방황한 셈이다.

따뜻한 물로 상처받은 마음을 씻어낸 뒤 휴대폰을 들었다.

"우리 정모 해요."

결연한 목소리가 휴대폰 너머로 전해졌다.

석양이 질 무렵, 술집에 스페셜리스트 멤버들이 모였다.

한시민의 요구로 인한 정모였다. 일분일초라도 아껴 경험치 더 먹기 위해 뛰어다니는 폐인들에겐 엄청난 결심이 필요한 일. 그걸 알기에 한시민도 이야기 말미에 나오지 않아도 상관없다 덧붙였지만 모두 모였다. 갑은 한시민이니까.

15강 축복의 반지! 그것에 대해 이야기하리란 건 누구나 예측할 수 있기에.

반나절을 버릴지언정 축복의 반지를 건지는 게 더 중요했다.

"안녕하세요."

먼저 자리 잡고 있던 셋과 뒤늦게 도착한 한시민.

인사 건네며 자리에 앉는데 어색함 따윈 존재하지 않았다.

"올~ 오빠, 현실에서도 멋있네?"

"넌 현실에서도 까부는구나."

나머지 셋 또한 마찬가지.

애초에 외형 변경이 극도로 제한된 게임이기에 당연한 일이겠지만, 어쩐지 게임에선 보이지 않던 포스 같은 게 셋에게서 느껴졌다.

'재벌이라 그런가.'

온몸에 여유가 깃들어 있다 해야 할까. 대충 입고 나온 옷 조차도 비싸 보이는 느낌!

특히 정설아는 옷이 모두 블랙인 데다 검은색 모자까지 썼지만 뿜어져 나오는 아름다움을 가릴 수는 없었다. 폐쇄된 공간이 아니었다면 주변에서 계속 귀찮게 굴었으리라. 강예슬이야 말할 것도 없고.

"후."

그런 모습을 보니 또 한 번 한숨이 나온다.

잊기 위해 그토록 노력했건만! 어쩔 수 없나 보다. 이런 부자들의 돈을 왕창 뜯어낼 기회를 그렇게 날려 버렸으니.

"반지 때문에 드릴 말씀이 있어서 불렀어요."

"네."

"얼마에 팔 거야, 오빠?"

조심스럽게 본론부터 꺼냈다. 굳이 오래 끌 필요가 없는 내용이다. 셋에게도 빨리 현실을 말하는 게 다음 방안을 논의하는 데 도움이 될 테고.

"반지는 팔지 못할 것 같아요."

"……예?"

"왜?"

"뭐야! 왜!"

과연 이들은 무슨 반응을 보일까? 많은 상실감을 느끼겠지?

당연할 것이다. 15강 성공 홀로그램을 본 순간 이미 가졌다는 생각을 했을 테니.

"보시는 게 빠르겠네요."

쓸쓸한 웃음을 애써 참으며 휴대폰을 꺼냈다. 속은 여전히 쓰리지만 왠지 혼자 죽지 않는 것에 대한 기쁨이랄까.

저장해 둔 스크린 샷을 보여주자 고개가 한곳에 모였다.

"와, 미쳤다."

"경험치 60%……."

"헌신하는 스페셜 오라 이거 완전 사기네."

첫 반응은 한시민의 것과 다르지 않았다. 뒤로 갈수록 격해지는 것 또한 마찬가지!

하지만…….

"……귀속?"

"미친."

"……."

마지막엔 역시 좌절만이 존재했다. 동시에 원망스러운 시선들이 한시민에게 향했다.

왜! 뭐!

어깨가 으쓱인다.

시간을 돌릴 수만 있다면 가장 먼저 돌리고 싶은 사람은 한시민이다. 스페셜리스트에게도 아쉬운 일이겠지만.

"제가 의도한 건 아니고 운이 안 좋았어요."

"……어쩔 수 없죠."

"하아, 어쨌든 죄송해요. 혹시 이거 사시려고 현금 준비해 두셨을 수도 있을 텐데."

"아니에요, 시민 씨가 일부로 그랬을 리도 없는데요."

정설아의 예쁜 얼굴에 씁쓸한 미소가 지어졌지만 더 이상 미련을 갖지 않는 듯했다.

이 역시 한시민의 성격을 잘 알기 때문에 가능한 일!

강예슬이 말없이 소주를 따랐다. 왜 초저녁부터 술집으로 불렀는지 이제야 알 것 같다.

"먹고 죽자!"

"세 잔 마시고 뻗을 것처럼 생겨서 그런 말은."

"어허. 오빠! 내기할래?"

"아니."

역시 꿀꿀할 땐 술이지!

축복의 반지 활용법에 대해선 한잔 걸치고 논의하기로 했다.

"마셔! 마셔!"

"먹고 뒈져!"

"쯧쯧."

혀를 차는 정현수를 제외한 셋이 죽어라 술을 퍼부었다.

“더 마시자! 더! 더!”

“시민 씨, 이사했으니 집들이해요!”

“넷이 가기엔 좀 좁은데…….”

한참을 마셨지만 맛이 간 사람은 없었다. 은연중 집에 돌아가 사냥을 해야 한다는 강박 때문!

물론 알코올이 들어갔기에 기분은 한 템포 업된 상황이었다.

정현수는 이런 분위기를 깨야 할 순간이 왔다 느꼈다.

“너희 벌칙 수행하려고?”

“……?”

“…….”

순간 굳는 두 여자의 표정!

아주 찰나의 순간이 지나고 그들의 굳었던 얼굴이 원상복귀 됐다.

“아, 맞다. 설아 언니, 우리 가서 사냥해야지.”

“그러게. 오늘은 너무 오래 나와 있었다. 집들이는 나중에 해요.”

“뭐야, 배신자들! 왜 벌써 가!”

“왜냐하면 내기를 했는데…… 읍읍!”

급격히 종료되는 술자리!

두 여자에게 입이 막힌 정현수가 끌려갔다.

"그럼 게임에서 봬요!"

"오빠, 꼭 와서 우리 매미 해줘!"

뭔가 숨기는 비밀이 있다 광고하는 모습이었지만 캐묻진 않았다. 기분이 좋아졌으니까!

'뭐 일확천금보단 장기 연금이 더 좋을 수도 있지.'

차선책을 술자리에서 찾았다. 사실 대안이야 이미 생각해 두었었지만 직접 논의하고 손님들의 긍정적인 답변까지 받아 냈으니 남은 건 실천뿐!

하루의 일탈을 즐긴 한시민이 판타스틱 월드로 복귀했다.

2

"간지는 나네."

이제는 신체의 일부가 되어버린 왼손 약지의 반지를 쓰다 듬어주며 황제가 있는 곳으로 향했다.

어제의 일은 잊고 오늘부터 잘하면 된다! 어차피 모든 것의 근간인 강화 능력을 잃어버린 것도 아니니까. 다시 더 좋은 아 이템을 구해 강화하면 되지. 이번 일을 계기로 중요한 교훈도 얻었고.

'레전더리 아이템은 15강 가는 걸 좀 조심해야겠어.'

아마 '귀속'은 확률로 붙는 옵션일 것이다. 그러나 판매를 목적으로 한다면 일말의 여지도 남기지 않는 게 좋다. 14강 해서 판다고 레전더리 등급 아이템의 가치가 떨어지는 것도 아니니까.

"왔나?"

"어제는 죄송했습니다. 바쁜 일이 좀 있어서."

"죄송할 필요는 없지. 이미 할 말 못 할 말 다하는 사이에."

"……에이, 그건 애교로 봐주시죠. 장인어른."

"큭, 역시 웃기는 놈이군."

황제와 그 옆에 앉아 있는 공주.

뿌듯함이 어깨를 마구 짓누른다. 덕분에 당당히 말할 수 있었다.

"그건 그렇고, 이제 보상 주시죠."

"……."

내놔! 반지를 못 건졌으니 이거라도 뿌리까지 뽑아먹고 가겠다!

강한 의지가 황제에게 전달됐다.

"강화석을 60개나 빼돌려 놓고 그런 말이 나오나?"

"빼돌리다뇨. 말씀이 심하시네. 제가 강화한 횟수만 300번이 넘는데 그 정도 수고비는 받아야죠."

"사막에 던져 놓으면 낙타 등골까지 뽑아먹을 놈."

"칭찬 감사드립니다."

그러니까 빨리 내놓으시죠.

"어디 말해봐라."

"소원 두 개, 창고에 있는 아이템 세 개 맞죠?"

황제가 고개를 끄덕였다.

"사위 삼는 것도 잊지 마시고요."

"……"

잊지 않고 요구하는 딸 도둑놈 말에도 황제는 인상을 찌푸리며 부정하진 않았다.

확답을 받은 한시민이 걸음을 옮겼다.

"우선 창고부터 좀 털겠습니다. 열어주시죠."

"열어주거라."

"예, 폐하."

싱글벙글 미소가 떠나지 않는 한시민을 보며 고개를 돌렸다.

공주를 살리기 위해 잠시 정신이 나가 이것저것 다 내걸었었지만 황실 창고는 결코 가벼운 곳이 아니다. 수백 년 전부터 선대 황제들이 대륙의 진귀한 물건들만 모아놓은 장소! 마족이 사용하던 계약서마저 있을 정도이니 그 희귀함은 감히 짐작조차 할 수 없다.

그런 곳을, 그것도 제한 없이 3개의 아이템을 고를 권한을

줘야 하니 얼마나 속이 쓰리겠는가! 평생 해본 적 없는 후회마저 들 지경이지만.

"아바마마, 괜찮아요. 저분은 제국에 큰 도움이 되실 분이에요."

"그래야 할 텐데 말이다."

"제가 잘 보필해서 그렇게 만들어 보일게요."

"하아."

저런 생양아치 같은 모험가가 들어가서 휘젓고 다닐 곳이 아닌데.

마음 같아선 전성기 때의 성격으로 돌아가 건방진 모험가를 포박한 뒤 모든 걸 무효로 돌리고 싶지만, 옆에 있는 공주만 보면 그런 양심 없는 생각이 고개를 처박는다.

당장 눈앞의 얄미운 놈보단 감히 황제를 도발한 것도 모자라 공주에게 저주를 걸고 도망친 놈에게 해야 할 복수도 있고. 그를 위해선 모험가를 모아야 한다.

'제발 필요 없는 것만 가져가길.'

해서 속으로 기도할 수밖에 없었다.

다행인 점은 워낙 많은 물건이 있고 대부분 대륙에선 구할 수 없는 귀중한 것이라 이곳에 온 지 얼마 되지 않는 초보 모험가는 쉽게 가치를 비교하기 힘들다는 점이다.

그들에게 물건을 감지하는 능력이 있다 정도는 알지만 세상은 그런 것만으로 현명하게 살아갈 수 있는 곳이 아니니까.

"밥이나 먹어야겠다. 가자꾸나."

"네, 아바마마."

그렇게 생각하니 마음의 짐이 좀 덜어졌다.

그래, 그까짓 놈이 뭘 알겠어. 대충 좋아 보이는 무기와 방어구 하나씩 쥐고 나오겠지.

황제는 한시민을 얕봤다. 해서 어떻게든 따라가 무엇을 고르나 유심히 살피며 눈치를 주는 대신 태평하게 밥이나 먹으러 떠났다.

동시에 창고의 문이 열렸다.

창고는 아주 넓었다. 수많은 물건이 진열되어 있었는데 아이템들이 바닥에 굴러다닐 정도였다.

하지만 창고로 들어선 한시민은 망설임 없이 걸음을 옮겼다. 시간제한 없는 보너스 룸에서 굳이 마음을 급하게 먹을 필요 없다.

'가장 깊숙한 곳부터 하나씩.'

그는 목표한 바를 이루기 위해 한자리에서 24시간 동안 망치를 휘두른 남자다. 게다가 신장을 내다 파는 것 같은 **뼈저**

린 손해를 입었기에 독기가 충만했다. 자연스럽게 인내가 맥스를 찍었다.

"분명 여기서도 등급이 있을 거야."

황제가 한시민의 입장을 쉽게 허락해 주었었지만, 본디 황제만이 들어올 수 있다는 것 하나만으로 이 창고의 가치는 증명된다. 그리고 모험가는 몇 년간 접근조차 하지 못할 이런 장소에 있는 아이템들이 평범할 리 없다.

이제 한시민이 할 일은 그런 아이템들 중 가장 가치 있는 세 개를 고르는 것!

'무기나 방어구는 필요 없고 소모품이나 영구 적용되는 장신구 위주로.'

모든 걸 확인해 볼 생각이지만 우선순위부터 나누었다. 그리고 하나씩 집어 확인하기 시작했다.

그러다 문득 기발한 발상 하나가 떠올랐다.

역지사지!

'내가 황제라면 뭘 가져가야 좋겠다 싶을까?'

아마 그게 제일 가치 있지 않을까?

요즘 들어 발상의 전환에 흥미를 느낀 한시민이 사악한 미소를 띤 채 선택의 뿌리를 그쪽으로 잡았다.

3

하루…… 이틀.

한시민이 창고에 들어간 지 4일이 지났다.

"……그놈은 아직도 창고 안에 있다고?"

"예, 폐하. 아직 나오지 않았습니다."

"설마 그 안에 있는 걸 전부 보는 건가."

"확인해 보겠습니다."

"아니, 됐다."

정상적인 사람이 아니고서야 그런 짓을 할 리가 없다.

열정도 좋고 꼭 필요한 물건을 고르겠다는 일념도 좋다. 하지만 세상에 누가 도서관에서 가장 쓸 만한 책을 고르겠다고 모든 책을 다 읽어보는 짓을 한단 말인가!

물론 황제가 생각하기에 그의 창고는 그럴 만한 가치가 있지만 그래도 역시 너무 무식한 짓이다.

"내가 모험가 하난 아주 잘 택한 모양이군."

"겉보기엔 그래 보여도 생각이 깊으신 분입니다."

"벌써 그놈 편을 드는 것이냐?"

"아바마마……."

어떻게든 거덜 내 보겠다는 심보도 마음에 안 드는데 하나뿐인 딸마저 수줍은 표정으로 모험가의 편을 드니 황제의 심기는 더욱 불편해졌다.

"안 되겠다. 가서 뭐 하나 감시해야겠다."

평소라면 있을 수 없는 일에 신하들의 표정이 묘하게 떨렸다.

냉철하기 그지없던 황제의 신기한 변화!

과연 모험가인가. 어떤 식으로든 대륙에 변화를 몰고 온다더니 실제로 대륙의 주인부터 바꾸고 있지 않은가! 그 누가 감히 황제로 하여금 직접 움직이게 만들겠는가.

신하들은 애써 웃음을 감추며 황제의 뒤를 따랐다.

그러거나 말거나 황제는 한시민이 혹여 허튼수작이라도 부린다면 당장에라도 처벌하겠다는 각오를 다지며 창고로 향했다.

하나 헛걸음이었다.

"어라? 여긴 웬일이세요?"

"……다 골랐나."

때마침 한시민이 창고에서 꾀죄죄한 몰골로 나오고 있었으니까. 얼굴 한가득 만족스러운 미소를 띤 채.

염장을 두 번 지르는 얄미움! 표정만으로 상대의 기분을 긁는 재주!

"뭘 골랐나?"

"그냥 조금 고민하다 집어 왔어요. 쓸 만한 게 상당히 많던데요? 모으느라 고생 좀 하셨겠네요."

뭐? 쓸 만한 거?

어이가 없어 말조차 나오지 않는다. 대륙을 지배하던 자들이 선별하고 또 선별해 모은 귀물들이다. 그게 고작 쓸 만한 거라니?

"⋯⋯그건!"

"감사히 잘 쓰겠습니다. 이런 데서 이런 걸 얻을 줄이야. 역시 사람은 착하게 살고 봐야 한다는 걸 뼈저리게 느끼고 갑니다."

게다가 한시민의 두 손에 들린 물건들을 보는 순간 헉 소리가 절로 났다.

하나의 얼룩무늬 알, 화려함이 듬뿍 묻은 망치, 그리고 번쩍이는 목걸이.

"대체 숨겨둔 창고는 어떻게 찾은 거지?"

황제의 허탈함이 가득 담긴 자조가 흘러나왔다.

독한 새끼! 창고 속의 창고까지 찾아본 거냐?

애당초 마음을 놓았던 가장 큰 이유가 그것이었다. 비밀 창고에 있는 것들이 가장 알짜배기니까. 만약 창고가 털린다 한들 창고 속 창고만 무사하면 그만이다.

한데 그곳의 물건을 꺼내오다니. 분노를 넘어 허탈함뿐이다.

"제가 돈 냄새는 잘 맡거든요. 잘 쓰겠습니다."

"이제 어떻게든 네놈을 사위 삼아야 하겠군."

"비즈니스 파트너로서 잘 부탁드립니다, 폐하."

한번 내뱉은 말을 다시 주울 마음 따윈 없다. 그렇게 가벼운 자존심도 아니고.

다만 한시민을 사위 삼아야 할 이유가 좀 더 무거워졌다. 제국의 신물, 그중 3개를 가져간 이니 어떻게든 제국에 묶어놔야 한다.

"그럼 소원도 지금 말씀드릴까요?"

"……저녁에 듣기로 하지."

"예, 뭐. 저도 배고팠으니까. 밥이라도 같이 하시죠."

"……."

한 대 치고 싶다.

황제의 눈빛에 진심이 담겼지만 한시민은 끄덕도 안 했다.

역시 인생은 마이웨이!

'그중에서도 개썅 마이웨이가 갑이지.'

단어 자체는 상당히 비속하지만 속뜻은 많은 교훈을 담고 있다. 덕분에 이렇게 자기 몫은 챙길 줄 아는 사람이 되었고. 남 보기에 인성이 아주 조금 글러 보이겠지만…… 그게 뭐!

한시민은 떳떳했다.

그 떳떳한 발걸음이 식당으로 향했다.

황제와 함께.

❖

태연한 척 연기했지만 한시민에게도 사실 생각지 못했던
행운이다. 누가 이렇게 비싼 물건이 가득한 창고 안에 또 다
른 창고가 있으리라 생각하겠는가. 대충 입구 쪽에 굴러다니
는 아이템 하나만 가지고 나가도 중형차 하나 살 텐데.

웬만한 배포가 아니고서야 의심하기 힘들고, 부자들의 사
고방식을 이해하지 못하는 한시민에겐 의심의 싹조차 틀 수
없던 가정이었다.

그저 아이템들을 하나하나 살펴보다 든 생각이 우연을 낳
았다.

혹시 아주 만약의 상황에 제국이 몰락한다면 어떻게 될까?
그가 황제라면 가장 먼저 금고나 다름없는 이 창고부터 챙기
지 않을까?

한데 어떻게?

이렇게 큰 별궁을 들고 갈 수도 없고 그렇다고 많은 보물을
한꺼번에 옮길 방법도 없다.

그럼 무언가 장치가 되어 있지 않을까? 한 번에 별궁을 압
축시킬 수 있는.

만약 그렇다면.

'대박이었는데.'

아쉽게도 그런 장치는 없었지만 꼼꼼히 창고 내부를 뒤진 덕에 창고 속의 창고를 찾을 수 있었다. 그 안에서 새로운 천국을 발견했고.

밖보다 보물의 양은 적었지만 그 질은 충분히 높았고, 심사숙고 끝에 그의 특기를 가장 잘 살릴 수 있는 아이템 세 개를 골라 나왔다.

[알]

* 등급: Random
* 내용: 무엇이 튀어나올지 모르는 알

[전설의 망치]

* 등급: Legendary
* 착용 제한: 전설의 레전드 강화사
* 공격력: 50(봉인)
* 옵션 1: 봉인
* 옵션 2: 봉인
* 옵션 3: 봉인
* 특수 옵션 1: 봉인

* 특수 옵션 2: 봉인

[부활의 목걸이]

* 등급: Epic Special
* 옵션 1: 사망 시 대가 없이 1회 부활(쿨타임 30일)

분명 그곳엔 지금 들고나온 것들보다 더 좋은 아이템도 많았다. 그걸 두고 온 건 너무 큰 실수가 아닐까 싶은 아이템들도 존재했다.

하지만 세 개의 아이템을 고른 걸 후회하지는 않았다. 다시 기회가 온다 해도 이것들을 고르리란 확신도 있었다.

'반지로 날려먹은 내 돈, 이걸로 다시 딴다.'

그런 귀중한 아이템들만 모아놓은 창고 속 창고에 왜 있는지 모를 알은 둘째 치고 전설의 망치와 부활의 목걸이는 정말 어디에서도 구할 수 없는 희귀함이 흘러넘치는 물건이다.

직업 전용 무기!

그리고 사망 페널티를 한 번 무시해 주는 아이템.

시간이 곧 돈이라 생각하고 죽음에 관해선 소름 끼치게 거부감 느끼는 판타스틱 월드의 유저들을 생각하면 이 또한 어마어마한 가격에 팔 수 있을 것이다.

예비 목숨. 그것도 한 달에 한 번 충전되는!

그게 갖는 메리트는 감히 말로 설명할 수 없다.

당장 대표적인 예 하나만 들어도 클리어하지 못하고 있는 레이드를 성공으로 이끌 수 있는 비장의 카드가 될 수도 있으니까.

그뿐 아니라 사냥에 있어 자신감도 눈에 띄게 상승한다. 죽어도 다시 살아난다는 믿음은 그만한 가치를 지닌다.

"후후."

물론 한시민이 가장 기대하는 물건은 이해할 수 없는 알이었다.

과연 왜 그 안에 있었을까? 황제와 선대 황제들이 멍청해서?

절대 그럴 리가 없다. 당연히 뭔가 있으리라.

게다가 한시민은 랜덤에 대한 좋은 추억까지 가지고 있지 않은가!

'15강 알은 뭘 줄까나.'

적어도 잘 익힌 반숙 같은 게 튀어나오진 않겠지.

벌써부터 기대된다. 도박에 흥미를 가지면 안 된다는 사실은 잘 알면서도 어쩔 수 없다.

"이렇게 또 내 갈 길이 정해지는구나."

전설의 망치 또한 봉인되어 있지만 언젠가는 풀 방도를 찾겠지. 아무렇게나 방치되어 있는 '전설을 좇는 자' 퀘스트도 어쩌면 이것과 연관이 있을 수도 있고.

선대의 의지니 뭐니 개소리가 잔뜩 쓰여 있지만 어찌 됐든 보상만 좋다면 시간을 따로 내서 찾아가 볼 의향도 있다.

"소원부터 빌러 가 볼까."

물론 그전에 산더미처럼 쌓인 일들부터 해결해야겠지만.

알을 아공간에 넣고 2차 전쟁을 벌이기 위해 나섰다. 이례 없는 발걸음에 긴장이 담겼다.

'쉽지 않겠지.'

이미 한 대 맞은 황제가 순순히 해달라는 걸 해줄까?

앞으론 더더욱 정신을 똑바로 차려야 한다는 생각이 머릿 속을 지배했다.

4

걱정한 대로 황제의 표정은 상당히 차가웠다. 웬 듣도 보도 못한 놈한테 휘둘리고 창고까지 털렸으니 당연한 이야기리라.

아니, 다른 무엇보다 애지중지 키운 딸내미를 날름 훔쳐가 려는 도둑놈이라는 게 가장 큰 불만이겠지.

그렇기에 더더욱 주눅 들면 안 된다. 죽일 거면 애초에 죽 였다.

"소원 빌러 왔습니다."

"제국의 신물을 세 개나 가져가 놓고 욕심이 크군."

"약속을 지키지 않으신다면야 할 말은 없습니다만."

"들어주리란 것도 알겠군."

"그래서 이렇게 목숨 걸고 말하고 있지 않겠습니까."

군대에서도 선임한테 이토록 대놓고 기어올랐던 적이 없기에 침이 절로 삼켜졌다. 만약 한시민이 선임이었다면 이런 후임은 자신이 영창에 가든 말든 일단 죽빵부터 한 대 날렸다.

"어디 한번 들어보지."

"예."

새삼 황제의 배포를 실감한 한시민이 속으로 감탄하며 생각해 둔 소원을 꺼냈다.

"우선 전설의 레전드 강화사의 유지가 있는 장소를 찾고 그곳에 있는 것들을 얻는 걸 도와주십시오. 물심양면으로."

"……."

뜬금없는 소원!

원한다면 물질적으로 손해 본 것들을 전부 메울 수 있는 백지수표를 얻을 기회였다. 그럼에도 한시민은 고민 끝에 퀘스트 진행을 도와달라는 것을 첫 번째 소원으로 정했다.

'SS급 퀘스트인 데다가 보상도 뭔지 몰라.'

마음이 찢어지는 듯 아팠지만 나름 논리적인 추리가 더해진 결정이었다.

'그런데 황제의 창고에서 직업 전용 망치를 주웠지. 그것도 레전더리 아이템을.'

물론 옵션이나 공격력이 전부 봉인된 상태이지만 일단 레전더리 등급이라는 것만으로도 불투명한 미래에 소원 하나 투자할 가치는 충분했다.

게다가 노강 레전더리인데도 옵션 3개에 특수 옵션이 2개나 붙어 있지 않은가.

혹여 무덤 같은 곳에 전설을 새기고 대륙 곳곳을 돌아다니며 모은 보물들이라도 쌓아뒀다면, 그야말로 게임을 접어도 될 만한 대박이다.

거기가 어딘지 몰라도 당장 21레벨밖에 안 되는 한시민 혼자 어떻게 하지 못할 난이도일 수도 있고.

"알았다. 그자의 무덤이라면 잘 알고 있지."

"오! 정말요?"

"다만 자격이 없는 자는 모두 죽었기에 나도 들어가 보진 못했다. 기사단을 붙여줄 테니 무덤이 있는 곳까진 동행하라."

"……안으로 들어가는 건요?"

"의미 없는 희생이 있는 소원이라면 거절하겠다."

예예.

뭔 놈의 소원에 조건이 붙는지 불만이었지만 순순히 허락해 주었기에 고개를 끄덕였다. 입장하는 데 자격이 부족하면

다 죽는다니 굳이 데리고 들어갈 필요도 없어 보였고, 무엇보다 너무 쉽게 위치까지 알아버렸지 않은가!

갑자기 소원을 쓴 보람이 느껴졌다.

"두 번째 소원을 말해보라."

"네."

기나긴 여정을 마치자마자 또다시 여행을 떠나 할 일들이 산더미처럼 쌓이는 게 느껴졌지만 기쁜 마음으로 받아들였다.

원래 돈 버는 일은 많을수록 좋은 법!

돈이 될지 안 될지는 긁어봐야 아는 복권 같은 소원이기에 조금 불안하긴 하지만.

해서 두 번째 소원은 확실한 자금줄이 되어줄 것으로 정했다.

"두 번째 소원은 조금 거창한데 괜찮을까요?"

"……말해보거라."

사전에 경고하는 한시민의 말에 황제가 미간을 가볍게 찌푸렸다.

뭘 하든 그의 앞에서도 안하무인으로 제멋대로 하던 놈이 갑자기 양해를 구하다니. 대체 얼마나 얼토당토않은 소원을 빌려고 저러는가.

순간 그럼 하지 말라는 말이 목구멍까지 차올랐지만 옆에서 공주가 보고 있다는 사실을 상기해 내고 근엄함을 되찾았다. 동시에 심호흡했다. 뭘 요구하든 놀라지 않게.

준비를 마친 황제에게 한시민이 조심스럽게 말을 꺼냈다.

"제국에 영지를 갖고 싶습니다."

"……."

조심스러우면서도 욕망이 가득 담긴 한마디!

의외의 말에 황제의 어깨가 처졌다.

"그것이면 되는가?"

생각 외의 소박한 소원!

어쩌면 첫 번째 소원보다 더 쉬운 느낌이다.

전자의 경우엔 안 그래도 천방지축인 한시민이 더 강해질 가능성을 내포해 통제하기 어려워짐을 뜻하는 반면, 두 번째 같은 경우엔 제 스스로 황제의 밑으로 들어오겠다고 말하는 것이나 다름이 없으니까.

"좋다."

당연히 거절할 이유가 없다.

사실 공주의 부마가 된다면 명목상으로나마 귀족으로 임명하고 작은 영지도 하나 줄 생각이었다.

거저먹는 소원!

"주는 김에 작위도 하나 주지."

"오! 감사합니다."

선심까지 팍팍 쓰는 척했다. 마치 사은품을 특별히 주는 뉘

앙스!

"저, 그런데…….."

"……?"

하지만 세상은, 아니, 한시민은 황제가 생각한 만큼 호락호락하지 않았다.

"이왕이면 고렙 사냥터들이 득실거리고 던전도 좀 많고 미개발 영토가 이어지고 여러 왕국과의 접점에 있으면서 넓은 면적이면 좋겠는데요."

"……."

"영지 자금 상태가 아주 풍족하면 가장 좋겠고요."

황제의 인상이 처음으로 대놓고 구겨졌다. 철혈황제의 숨겨왔던 본능이 튀어나오려고 한다.

'이 새끼는 어떻게든 엿 먹이고 싶다!'

어쩜 말을 저렇게 재수 없게 잘하는 걸까?

소원을 거저먹으려 한 황제가 할 소리는 아니지만 아주 뻔뻔하게 사소한 것까지 일일이 요구하는 모습을 보니 이대로 들어줬다간 괜히 지는 기분에 몇 날 며칠을 시달릴 느낌!

해서 머리를 굴렸다. 한때 대륙을 정벌했던 황제가 고작 별 볼 일 없는 모험가 하나 엿 먹이기 위해!

"딱 맞는 영지가 있긴 하군."

"오! 역시 장인어른, 감사합니다."

고민을 길게 할 필요도 없었다.

그는 대륙의 주인! 드넓게 펼쳐진 땅이 전부 그의 것인데 한 시민이 원한 조건과 그가 생각하는 특징이 겹치는 장소 하나쯤 못 찾겠는가!

입가에 자신만만한 미소가 드리워졌다.

어디 한번 가서 개고생해 봐라.

"작위는 남작으로 임명하도록 하지."

[작위가 생성되었습니다.]

[작위 '젠 제국의 남작'을 획득했습니다.]

[칭호 '최초의 남작'을 획득했습니다.]

[칭호 '최초의 귀족'을 획득했습니다.]

[영지를 소유할 수 있습니다.]

[병사를 소유할 수 있습니다.]

"이왕이면 자작이나 백작도 좋을 것 같은데……."

슬쩍 흘려 뱉는 말 따위는 당당히 무시해 준다!

황제는 한시라도 빨리 저놈이 영지에 가서 당황하는 꼴을 보고 싶었다.

"가 보거라. 안내로 궁인 하나를 붙여주지."

"예, 뭐. 감사합니다. 그런데 진짜 제가 말한 조건이 다 맞는 영지가 있긴 해요?"

"네 상상보다 훨씬 좋다 확신하지. 특히 모험가들을 상대로 영지를 운영할 생각이라면 그보다 좋은 영지는 없다. 네 개의 왕국으로 향하는 갈림길 같은 곳인 데다가 온갖 몬스터가 들끓고 요즘엔 웬만한 용병조차 접근을 꺼리는 던전들도 잔뜩 있다고 하더군. 잘만 운영한다면 원하는 대로 많은 돈을 벌 수 있을 것이다."

이제껏 꺼낸 말 중에 가장 긴 문장!

번지르르한 말에 한시민이 기뻐하려다 슬쩍 눈을 흘겼다.

"설마 갔는데 이름만 영지고 다 개간해야 되고 이런 건 아니겠죠?"

"절대 아니다."

예리한 놈.

순간 뜨끔했지만 위기를 잘 넘겼다.

엿 먹일 생각이긴 했지만 이름뿐인 영지를 넘기진 않았다. 그랬다간 한시민 성격에 당장에라도 찾아와 면상에 욕을 날릴 게 분명했으니.

그런 무례를 참지 않아도 될 만큼 황제는 높은 자리에 있지만 욕을 듣는 순간 화병이 나 쓰러지리라.

"정 궁금하면 직접 확인해라."

"예, 뭐 속 쓰리실 거 잘 아니까 물러나 드리겠습니다."

"고맙군."

뻔뻔함과 직구의 대결!

'레벨이 딸려서 그런가, 아니면 모험가라서? 마음에 들어 하는 것 같지는 않네.'

원인을 본인이 아니라 출신 배경에 떠넘겨 버린 한시민이 등을 돌렸다. 그 역시 여기서 오래 있고 싶은 생각 따위는 조금도 없었다. 뽑아먹을 건 다 뽑았으니 이제 새로운 금맥을 찾아 떠날 시간이다.

"아!"

마지막으로 놓고 가는 건 없는지 챙기던 한시민의 걸음이 멈췄다.

"저기, 폐하, 하나 빼먹으신 거 같은데."

"……?"

말을 꺼내는 목소리엔 조심스러움이 가득했다. 아무리 뻔뻔함의 대명사인 한시민이라도 이 부분에 있어선 조심스러울 필요가 있다. 그의 딸과 관련된 문제니까!

"아무리 이름뿐인 사위라도 그렇지, 욕 처먹고 다니면 괜히 폐하의 얼굴에 똥칠하는 거잖아요? 그러니까 사전에 그런 일을 예방하기 위해 황제의 사위라는 걸 증명할 수 있는 무언가를 주셔야 하지 않을까요?"

"……."

어디서 욕 처먹을 짓을 하고 다니는 건 알고 있구나!

깔수록 양파 같은 한시민의 매력에 황제가 감탄했다.

동시에 마법 주머니에서 꺼내지는 하나의 황금 패.

"아인 왕국에서는 절 왕의 대리인으로 쓴다 어쩐다 하면서 이걸 줬는데. 설마 제국 클라스가 있지 이런 순금보다 떨어지는 걸 주진 않겠죠?"

묘하게 비교하며 깔보는 눈빛까지!

발끈한 황제가 품 안에서 비슷하게 생긴 패를 꺼내 던졌다.

"오!"

얼떨결에 받았지만 확인부터 하는 꼼꼼함!

매끈매끈한 게 한눈에 봐도 좋아 보였지만 혹시 모르니까.

"뭐예요?"

"통짜 미스릴이다."

"에엑!"

순간 들고 있던 손이 놀라 패를 놓쳤다.

하지만 재빨리 허공에 뜬 미스릴 패를 낚아챈 그의 입이 벌어졌다.

"미친. 같은 양을 비교했을 때 순금보다 열다섯 배 비싸다는 미스릴?"

"순도 100%의 미스릴은 그런 불순한 것보다 열 배 비싸다."

"……."

제아무리 한시민이라도 놀랄 수밖에 없다. 게다가 기까지 죽었다.

'와, 씨. 상상은 했지만 역시 그 이상의 부자다.'

어째 대화를 나눌수록 점점 동네 아재 같은 느낌이 나는 건 역시 페이크인가!

함박웃음이 절로 걸렸다.

옵션도 확인해 볼까 했지만 어차피 황금 패로도 당장 레벨이 부족해 메인 퀘스트 2막을 진행하지 못하는 마당에 딱히 쓸모도 없을 듯해 관뒀다. 당장 황제의 인이 찍힌 미스릴만으로도 그 효용은 충분할 테니.

"그럼 다녀오겠습니다. 공주도 잘 있어, 안녕!"

"……."

"다녀오십시오."

한바탕 시끌벅적했던 황궁에 평화가 찾아왔다.

황제가 지끈거리는 머리를 꾹꾹 누르며 황좌에 등을 기댔다.

"후우, 정녕 모험가가 쓸모가 있어야 할 텐데 말이다."

"걱정하지 않으셔도 될 것 같아요, 아바마마. 대륙에 그 누가 아바마마를 이토록 곤란하게 만들겠어요."

공주가 옆에서 살포시 웃었다. 동시에 하트가 가득 담긴 눈으로 한시민이 떠난 자취를 바라보았다.

"아바마마, 궁인들을 붙여주세요. 예전으로 돌아가고 싶어요."

"벌써? 좀 더 쉬어도 된다."

"아뇨, 하루빨리 일어나 저분을 돕고 싶어요."

"……."

"그리고 저주를 건 자도 찾고 싶고요."

"알았다."

공주에게 독기가 서렸다.

역시 황제의 피를 물려받은 자!

한동안 저주에 걸린 공주로 인해 대외적인 활동을 자제하던 황궁이 서서히 움직일 준비를 하고 있었다.

5

가벼운 마음으로 망설임 없이 황궁을 나선 한시민은 곧바로 수도를 나섰다.

할 짓 없는 백수가 여기저기 싸돌아다니는 모습으로 비칠수도 있지만 실상은 그 누구보다 할 일이 많다.

'영지 확인하고 전설의 강화사인지 뭔지 무덤에 갔다가 이제 슬슬 돈도 모아야지.'

한 번에 목돈을 당기진 못했지만 대신 노력 여하에 따라 성과금 느낌으로 벌 수 있는 방법이 마련되었으니 당연히 그쪽으로 방향을 트는 게 맞다. 비록 한시민 본인은 상당히 지루하고 레벨 업도 느릴 것이며 도움이라곤 하나도 되지 않겠지만.

그게 뭐!

'돈만 많이 벌면 되지.'

애초에 게임을 시작한 이유도 돈이지 않은가.

게임을 좋아하기도 하지만 이걸 직업으로 삼은 이상 항상 재미있는 행보만 걸을 순 없다.

뭐든 돈이 있어야 재미를 느낄 수 있는 법이니까!

돈을 잔뜩 벌면 현실에서 스트레스를 풀 방법은 무궁무진하다. 그렇기에 안내와 함께 영지로 향하는 발걸음은 쉬지 않았다.

대략 7일 정도 걸리는 거리에 위치한 영지!

아인 왕국 쪽으로 부탁한 게 정확히 들어맞았는지 그럴듯한 소요 시간이었다.

"좋아, 나도 드디어 땅을 갖는구나."

제국에 입성하며 꾸었던 꿈! 그게 설마 이루어질 줄 누가 알았겠는가!

한데 이루었고 건물주가 아니라 아예 거대한 영지를 가진 귀족이 되어버렸다.

예상치도 못했던 큰 수확!

하나 당황하지 않고 천천히 그림을 그린다.

'무조건 유흥가로 간다.'

최소의 투자로 최대의 수익을! 사냥과 던전 레이드로 지친 유저들에게 잔뜩 삥 뜯는 영지! 술과 여자에 찌든 유저들을 위한 고급 숙박 시설까지! 이 얼마나 아름다운 설계인가!

벌써 부자가 된 것 같았다.

"흐흐."

물론 많은 게 필요할 것이다.

다행히 한시민은 환상만으로 세상을 사는 인간이 아니었고 좀 더 구체적인 계획까지 그렸다.

—시민 오빠!

"……?"

그런 그의 고뇌를 깨는 목소리가 들려왔다.

순간 주변을 둘러볼 뻔했지만 이내 길드 대화인 걸 알아채고 대답한다.

"왜."

—어디야?

"어디긴, 판타스틱 월드지."

—……아니, 그걸 물은 게 아니잖아.

"쯧쯧, 예슬이도 늙었네. 농담도 못 알아채고."

인상을 잔뜩 찌푸리고 있을 귀여운 얼굴이 생각나 피식 웃

었다. 바빴다면 대꾸조차 하지 않은 채 끊었겠지만 지금은 할
짓이 너무 없어 초면인 안내와 대화할까 고민하는 상황!

"나 지금 제국이야. 왜?"

–언제 오나 해서.

"언제 가면 뭐 하게?"

–아잉, 보고 싶으니까 그렇지.

"끊을게."

–잠깐! 우씨, 진짜 이럴 거야?

넌 아직 멀었다. 놀릴 때마다 반응이 오는 걸 보니 어렸을
적부터 놀림의 대상이 됐겠구만.

키득거리니 강예슬이 이내 장난임을 파악했다.

–오빠, 이런 식으로 나오면 후회할 거야.

"헉! 미안."

–내가 이래 봬도 한신그룹 외동딸이라고!

"……치사하게 수저 들이밀기냐."

–흥, 나 이런 여자야.

"예예."

–나한테 잘 보이면 돈이 펑펑! 알지?

알긴 뭘 알아. 잘 안 보여도 너한테 돈을 펑펑 뜯어낼 방법
은 잔뜩 보인다.

한시민은 강예슬의 말을 코웃음 치며 흘려들었다.

"진짜 무슨 일인데?"

─아니, 설아 언니가 물어보래서. 언제 오나. 우리 빨리 매미 해줘야 랭킹 올린단 말이야. 어제 오빠 만나느라 사냥 안해서 벌써 5등 떨어졌어.

"그래그래. 볼일만 마치고 바로 갈 테니 열심히 사냥하고 있어."

─응, 빨리 와.

술자리에서 이미 취직한 상황이니 당연한 보챔이다. 빨리 합류해 시급을 받고 싶은 마음은 한시민도 마찬가지!

"조금 빨리 가죠."

"예, 알겠습니다."

영지를 한 바퀴 간단히 둘러보고 빠르게 용무를 마치기로 했다.

'뭐, 내가 가서 할 게 있겠나. 대충 앞으로의 꿈에 대해서 말해주고 이렇게 발전하라고 해놓기만 하면 되겠지.'

그렇게 김칫국을 마셨다.

영지에 도착하자마자 그 김칫국이 엎어졌지만.

"……."

뭐야, 이게.

눈앞에 펼쳐진 기가 막힌 풍경에 할 말을 잃었다.

"와."

이거 완전 개새네…….

동시에 황제에 대한 원망이 절로 샘솟는다. 대충 예상은 했지만 이건 너무하는 거 아닌가!

"이곳입니다."

"……알고 있어요."

"영지의 위치와 주변을 기록한 지도입니다."

한시민의 표정을 보았는지 재빨리 커다란 지도를 펼치는 안내.

하지만 그딴 게 눈에 들어올 리가 없다.

아인 왕국과 가깝고 다른 왕국들의 경계와도 맞닿아 있으면 뭐해! 주변에 던전이 많고 고렙 사냥터도 널려 있는 건 분명하긴 한데…… 시바. 왜 자꾸 욕이 나오지?

"……아주 광활한 대지를 주셨네."

거기에 옵션으로 끼워 넣은 개척해야 할 땅이 내가 생각한 땅이 아니네? 게다가 영지가 아주 친화적이야.

인간이고 몬스터고 개나 소나 다 방문해도 될 정도로 오픈 마인드다.

"하아."

그래, 내가 좀 재수 없게 굴긴 했지. 원래 인생은 돌고 도는 법인데 너무 자만하긴 했어. 누굴 탓하겠냐.

"젠장."

60년대 전쟁 직후 시골을 보는 느낌이 이럴까? 발전된 문물이라곤 눈을 씻고 봐도 찾을 수가 없었다.

"아이고! 새로 오신 영주님이시죠? 얘기 들었습니다!"

그렇게 한참을 넋 놓고 좌절하던 그때, 웬 돼지 하나가 뒤뚱뒤뚱 기름기 뚝뚝 떨어지는 미소를 흘리며 다가왔다.

미소는 비굴하고 두 손은 언제든 빌 준비가 되어 있는 상태!

동시에 한시민의 머릿속에 하나의 가정이 떠올랐다. 너무나도 뻔한 전개!

'저 돼지 새끼가 내 영지를 말아먹고 있는 새끼가 아닐까?'

순박한 영주민들을 겁박하고 착취하고! 영주가 공석이라고 제 맘대로 영지를 운영했겠지!

그건 뒤룩뒤룩한 지방이 증명하고 얍삽하게 생긴 얼굴이 보증한다.

그뿐이랴. 상상 속에선 하나의 거대한 요새였던 그의 땅이 현실에선 한 열댓 명 모여 낫과 호미를 들고 쳐들어와도 다 털리게 생겼지 않은가!

절로 분노가 치솟았다.

"이런 돼지 새끼가."

감히 내 영지를 이렇게 만들어?

분노의 발길질이 인사 대신 날아갔다. 당연히 둔한 몸으로 피할 수 있을 리 없었다.

퍽!

"커헉!"

육중한 소리와 함께 날아가는 돼지!

뿌듯함이 온몸에 퍼져 나갔다.

그래, 뭐. 이제부터라도 저런 악독한 놈을 처치하고 개과천선시켜 바로잡으면 되는 거다!

희망적인 생각만 할 때, 생각지도 못한 반전이 펼쳐졌다.

"아이고! 보좌관님!"

"이게 무슨 일입니까!"

"당신 누구야! 누군데 감히 우리 보좌관님을 걷어차!"

"……?"

하나둘 소란에 등장하던 영주민들이 돼지를 걱정한 것!

'뭐야, 아니야?'

6

뭐랄까.

강도에게 당하고 있는 여자를 구해줬더니 알고 보니 남자

친구가 장난치는 상황이었다는 걸 알았을 때의 느낌?

"돼, 됐다. 모두 예를 갖춰라! 새로 오신 영주님이시다."

"헉!"

"아이고. 죄송합니다, 영주님."

게다가 맞은 놈이 화를 내기는커녕 저렇게 사람 좋은 모습까지 보이다니.

이거 완전 내가 개새끼 되는 그림이잖아?

"크흠."

한데 할 말이 없었다. 왜 보좌관이라는 자가 영주민들의 신임을 받고 있는지 몰라도 분명 앞뒤 가리지 않고 냅다 걷어찬 건 잘못한 거니까.

"미안해요."

"아닙니다, 영주님. 다 이유가 있으리라 믿습니다!"

그런 거 없는데?

네 모습을 보고 왠지 모르게 악덕 보좌관같이 생겨서 그랬다고 어떻게 말하겠는가.

뒷머리를 긁적이며 말을 돌렸다.

"근데 영지가 왜 이래요?"

"예?"

"아니, 영지 꼴이 판자촌도 아니고……."

"아……."

남작 그리고 황제의 사위가 아니었다면 당장에라도 몰매를 처맞고 쫓겨나도 이상하지 않을 발언이다. 틀린 말은 아니지만 이방인이, 그것도 고작 21레벨짜리가 이렇게 나대는 걸 두고 볼 NPC들이 아니니까.

하다못해 퀘스트를 받을 때도 NPC의 비위를 맞춰야 하는 본격 사회생활 게임이라 불릴 정도 아닌가.

하나 당당한 한시민은 자리가 사람을 만든다는 말을 굳건히 믿었다.

'한 번 죽지 두 번 죽겠냐.'

RPG 게임에서 가장 중요한 건 각자의 역할에 충실하는 거니까! 성격이 아주 더럽다는 황제의 인정을 받아 모험가 최초로 귀족이 되고 그의 사위가 된 자가 이런 걸로 주눅 들면 되겠나!

"죄송합니다."

보좌관은 변명 없이 고개를 숙였다. 보면 볼수록 그가 생각했던 악덕 보좌관은 아닌 듯했다. 해서 일단 걸음을 옮겼다. 그나마 가장 그럴듯하게 지어놓은 영주성으로.

'저걸 영주성이라 불러도 될지 모르겠지만.'

제국에 흔히 굴러다니는 여관보다 조금 좋은 정도?

총체적 난국이라는 게 새삼 느껴지지만 일단 들어보기로 했다. 왜 이 꼬라지인지.

"······그러니까 뭘 좀 하려고 하면 몬스터들이 한 번씩 와서 다 쳐부수고 간다?"

"네, 원래 예전엔 요충지로 많은 번성을 누리고 영지 재정 상태도 아주 부유했었습니다. 그런데 점점 몬스터들의 횡포가 심해지며 교역도 끊기고 우리 영지에 오는 발걸음도 점점 줄어들면서······."

이 꼬라지가 됐군.

참 애절하고 구구절절한 사연이다. 하나 한시민에게 중요한 건 그게 아니다.

"그러니까 내가 영지에서 뽑아먹을 게 없다?"

"원하신다면 세금을 올리고 영지 방어에 투자되는 돈을 뺄 순 있지만······."

있지만 얼마 안 되겠지. 젠장.

밭이나 갈고 몬스터들 눈치 보며 과일이나 따 먹는 영지민들에게 돈이 어디 있겠나. 그런 와중에 영지가 무너지지 않고 버티는 것도 한 푼 두 푼 모아 방어하고 있기 때문이라는데.

"하아."

내 땅주인의 꿈은 이렇게 물 건너가는구나.

한시민이 영지를 달라 한 이유는 당연히 그걸 운영하기 위해서가 아니다. 아주 잘 운영되고 있는 영지에서 돈이나 좀 뽑아먹고 원하는 대로 심시티 하기 위해서지!

한데 이런 땅에서 뭘 한단 말인가.

"여기 발전시키려면 돈 엄청 들겠죠?"

"당장 주변의 몬스터들만 어떻게 한다면 다시 일으킬 기반은 마련할 수 있습니다만……."

"힘들겠죠."

누가 이런 외지에 와서 죽어라 몬스터 토벌에 힘써주겠나. 유저들이라면 모를까 그들은 아직 여기 올 레벨이 아니다. 게다가 약아빠진 유저들을 이용하려면 보상을 걸어야 한다.

"제국에 요청은 해봤어요?"

"일정 주기마다 토벌은 와줍니다. 하지만 전부 퇴치하는 건 불가능합니다."

황제에게 가서 말해볼까 생각도 들었지만 애초에 그가 이 상황을 모르진 않을 터다. 가장 먼저 해결하려 들었을 테지만, 황제도 어쩌지 못할 만큼 몬스터들이 질기게 생존했다는 말이겠지.

"여기 주변엔 뭐 금광 없어요? 원래 이렇게 거지 같은 곳엔 자원이라도 풍부하던데."

"예, 그 역시 몬스터 때문에……."

결국 몬스터가 문제구만. 그놈들만 어떻게 하면 길이 조금이라도 보인다는 건데.

"아오."

포기하고 싶은 마음과 어떻게든 살릴 수 있지 않을까 하는 마음이 충돌한다.

소유욕!

애초에 갖지 않았으면 모를까 이미 받지 않았는가! 위치나 주변 환경 또한 한시민의 취향 저격이고. 어떻게든 밑바닥부터 키워 올리고 싶은 유저의 본능 또한 한몫했다.

'안 돼, 시민아. 정신 차려. 미친 짓 하지 말자.'

그러자 가장 먼저 떠오른 건 통장에 있는 2억과 판월 내의 돈 700골드.

이 정도면 이런 거지 같고 영지에 비해 지나치게 작은 거주지 정도는 어떻게 방어할 수 있지 않을까?

'명색이 황제 사위인데.'

황제한테 도움 좀 받고.

꿈틀거리는 본능은 자꾸 키워보자는 쪽으로 마음을 이끈다.

아무리 생각해도 될 것 같다. 몬스터만 어떻게 해결하면 그 다음부터는 승승장구 아닌가! 이미 한번 흥했던 전적도 있다 하고.

그런데도 망설이는 마지막 이유는 역시 이성!

결국 투자다. 도박이고 불투명한 미래다. 밑 빠진 항아리에 물 붓기가 될지도 모른다.

'시바, 모르겠다.'

하나 그런 점은 사실 한시민의 가장 큰 약점!

뭐가 나올지 모르는 도박은 한시민에게 치명적이다.

"기다려 봐요. 잠깐 나갔다 올 테니."

"예?"

마음을 굳힌 한시민이 결연한 표정으로 로그아웃했다.

투자!

번 돈을 골드로 환전하려는 한시민의 손이 부들부들 떨렸다.

'젠장. 반지 못 파는 것도 억울해 죽겠는데 모아둔 밑천까지 털어야 하다니.'

마음속에선 선택을 다시 생각해 보라 만류했지만 손은 거침없이 나아갔다.

아이템 거래 중개 사이트! 판월에서 공식적으로 운영하는 곳!

"골드가……."

2억이면 2천 골드다.

투자할 마음은 충분하지만 과연 이 정도의 물량을 갖고 있는 유저가 있을까?

'설마.'

어디서 땅을 팠는데 금이 줄줄 튀어나오지 않는 이상 불가능하겠지.

그럼에도 최대한 구해야 한다. 생각하고 있는 최소한의 계획을 실행하기 위해선!

"음, 이안 왕국 쪽이 낫겠지."

골드 판매도 상당히 현실적인 방법으로 해야 하기에 가까운 게 중요했다. 해서 제목 앞에 지역이 붙어 있고 아인 왕국에서 활동 중인 골드 판매자들 중 가장 많은 양을 갖고 있는 이를 물색했다.

"골드 무제한 공급 가능?"

그러다 발견한 글!

낚시가 분명했지만 그만큼 골드를 빠르고 많이 수급할 수 있다는 자신감의 표현이리라.

망설이지 않고 연락부터 했다.

─여보세요?

"판월 중개 사이트 보고 연락드렸는데요. 골드 얼마나 살 수 있죠?"

-원하시는 양이 있으신가요?

왜 꼭 이런 건 한국 사람일까. 아니었으면 캡슐 내에서 대화할 뻔했네.

안도하며 편하게 말을 꺼냈다.

"2천 골드요."

-예? 2천 골드 말씀이신가요? 2억 원어치?

"네, 구할 수 있나요?"

-……잠시만요, 사장님.

역시 상대 쪽에선 잠시 침묵이 이어졌다.

생각보다 거물이겠지. 아무리 부자가 많이 플레이하는 게임이라 할지언정 게임 초기에 한 번에 2천 골드를 구매하려는 이는 별로 없을 테니까. 스페셜리스트의 금수저 3인방이라면 모를까.

-사장님, 죄송한데 현재 저희가 보유하고 있는 골드가 원하시는 만큼은 안 되네요.

"얼마까지 살 수 있는데요?"

-끌어모으면 천 골드까지는 바로 될 것 같습니다.

그렇게나 많이?

생각했던 것보다 많은 양이 튀어나오자 놀랐다.

오픈한 지 한 달이 넘었음에도 수요가 공급보다 많은 기이한 현상 때문에 11만 원을 넘긴 골드 시세가 아니던가.

그런데 그렇게 팔아대면서도 1억 원어치를 모아놨다?

그건 곧 대량 구매자를 대비했다는 뜻.

"그럼 일단 그거 전부 살게요."

ㅡ예, 바로 글 올리겠습니다.

한시민에겐 반가운 일이기에 바로 구매 신청했다.

급한 대로 구하는 만큼만 쓰자!

입금을 하자 상대방의 정보가 떴다.

ㅡ시민 님? 거래는 어디서 하실까요?

"제가 지금 아인 왕국에서 좀 멀리 있는데 와주실 수 있나요?"

ㅡ예. 물론이죠, 사장님. 대륙 반대쪽에 있어도 가겠습니다.

상대방의 아이디와 전화번호를 받았다.

열정을 보이는 판매자에게 든든함을 느끼며 한시민은 현재 위치를 말해주었다.

ㅡ좀 머네요. 하하.

"괜찮을까요?"

ㅡ물론이죠. 일주일 뒤에 뵙겠습니다.

"네, 그럼."

1주일이면 뒤따라 보내준다는 황실 기사단을 데리고 강화사의 무덤 정도는 조지고 올 수 있겠지?

일정을 다시 조율하며 전화를 끊으려는 한시민의 눈에 판매자의 아이디가 들어왔다.

'엥?'

어디서 많이 본 느낌인데?

"저기요."

─네?

"혹시 우리가 어디서 봤나요?"

─저희 골드 쓰신 적 있으신가요?

"아뇨, 골드는 처음 사는데."

뭐지? 이 익숙한 느낌은. 아이디를 보자마자 소름이 돋고 꼭 한 번 물어봐야겠다는 생각마저 들 정도라면 보통 인연은 아니라는 뜻인데.

미간을 좁히고 고민해 봤지만 딱히 떠오르는 게 없었다.

이름도 그렇고 번호도 그렇고 생소하다. 게다가 목소리 또한 대충 들어도 30대 후반으로 들리는데.

"오해했나 보네요."

"예, 그럼 게임 내에서 도착하면 다시 연락드리겠습니다."

"네."

도저히 기억이 나지 않기에 그냥 끊었다.

그럼에도 가시지 않는 이 찜찜함.

'공헌이, 공헌이. 뭐지?'

생각할수록 골치만 아파 때려치우려는 순간.

"아!"

생각나 버렸다. 흔치 않은 닉네임이 주는 불쾌감의 원인을!

"이런 미친!"

내가 이걸 잊다니! 어지간히 정신없이 살긴 했구나.

"허, 허허허."

헛웃음이 절로 나온다.

원수는 외나무다리에서 만난다더니!

재빨리 캡슐에 누워 판월을 켰다. 불길한 예감은 언제나 들어맞지만 그래도 혹시 모르니까!

아이디를 중복으로 만들 수 있다는 변수가 있다.

"후, 이 재수 없는 댓글을 다시 봐야 하다니."

벌써 한 달 가까이 되어가는 흑역사! 14강 단검 자랑 글에 달린 어그로 베스트 댓글!

그 댓글의 주인공 아이디가 공헌이였다.

"……이 새끼 맞기만 해라. 뒤졌다."

감히 전 재산을 걸어놓고 배 쨈 놈!

서둘러 아이디를 클릭해 전체 게시글들을 확인했다.

나열되는 글들!

[골드 최저가 판매합니다. 신용 100%. 아인 왕국]

굳이 많이 찾을 필요도 없었다.

입꼬리가 부들부들 떨렸다.

'잡았다.'

진짜 잡을 수 있으리란 생각은 단 한 번도 하지 않았다. 세상에서 가장 잡기 어려운 게 키보드 뒤에 숨은 익명의 악플러 아닌가!

욕설이나 패드립이라면 몰라도 이런 수준의 댓글로는 현실로 불러낼 수가 없다. 굳이 게임 내에서의 일을 현실로 가져와 스트레스받기도 싫고.

한데 깔끔하게 해결할 기회가 왔다. 우연에 우연에 우연이 겹쳐!

"이건 운명이다."

공헌이란 놈을 조지라는.

한시민은 확신했다. 그렇지 않고서야 이런 확률이 발생할 수 있을까?

천만을 넘어 2천만을 향해 가는 유저 수. 그중 수백이 넘는 골드 판매자 중 이놈을 한 번에 만나다니.

그 많은 왕국 중 한시민과 공헌이 둘 다 아인 왕국이 아니었다면 있을 수 없는 일이겠지.

만에 하나 같은 아이디를 쓰는 유저가 두 명일 수도 있다는 생각도 들었지만…….

'아냐, 그럴 리 없어.'

설사 그렇다 해도 조지기로 했다. 갑자기 의욕이 불타올랐다.

"안 그래도 요즘 운이 별로라 생각했었는데. 그건 또 아닌가 보네."

오락가락하는 게 마음엔 안 들지만.

어쨌든 판을 깔아줬는데 못 먹으면 그건 병신이지!

"뒤졌어."

대충 삼각김밥과 컵라면 하나로 끼니를 때운 한시민이 곧장 캡슐에 누워 게임을 실행했다.

황실 기사단은 금방 도착했다.

"준비되셨습니까?"

"가자."

일정이 빡빡해 빠르게 움직여야 했다.

채비를 마친 한시민이 자신을 헤리슨이라 소개한 돼지 보좌관에게 넌지시 속삭였다.

"1주일 정도 뒤에 웬 놈이 절 찾으러 올 거예요. 혹시 제가 늦을 수도 있으니 잘 대접해 주고 계세요. 곧 온다고 말도 좀 해주고."

"네, 영주님. 그런데 누가 오는 것인지……."

덩치에 어울리지 않게 소심하고 착한 헤리슨이 눈치를 보며 물었다.

개인적인 문제지만 딱히 숨길 이유도 없기에 웃으며 말해 주었다. 그와 한시민의 관계를!

"내 돈 떼먹고 배 짼 새끼요."

"……."

"그리고 그 돈 우리 영지 발전시킬 돈이니 꼭 붙잡고 있어요. 티 내지 말고."

"예! 걱정 마십시오!"

헤리슨이 결연한 표정으로 고개를 끄덕였다. 순진하고 얼빠진 그지만 영지 발전에 관한 일이라는 말에 표정이 급변했다.

그렇게 1천 골드를 들고 먼 길을 직접 행차하는 서비스까지 제공하는 공헌이는 졸지에 돈 떼먹고 도망친 빌어먹을 새끼로 헤리슨에게 소개되었다. 저도 모르는 사이에.

Episode 11.

혼자 먹는 게 1인분이지

1

한시민은 자신의 본분과 해야 할 일을 잊지 않았다.

'1차 가공해서 판매한다!'

귀족이니 뭐니 해도 결국 잘 먹고 잘살기 위한 투자!

거기 들어갈 돈은 굳이 계산해 보지 않아도 상상 이상일 게 분명했기에 그만큼 더 벌어야 했다. 해서 황실 기사단과 함께하는 와중에도 부지런히 움직였다.

"잠시 대기!"

"……?"

뜬금없는 타이밍에 멈추라 하고 알을 들고 이동한다.

현재 가장 기대하는 유망주!

"얼른 15강 돼서 좋은 걸로 부화하렴."

자식을 키워보지는 않았지만 부모의 마음은 이런 게 아닐까! 스무 살이 될 때까지 열심히 자신을 희생하며 투자하고 뭐가 될지 지켜보는 재미!

한시민이 알에 품는 감정은 좀 더 나아가 팔아먹겠다는 음흉함까지 더해져 있지만.

"내가 진짜 이번에도 뒤통수 맞으면……."

사실 뒤통수 맞았다 표현하는 것도 좀 웃기다. 자기를 버리려는 주인에게 기회를 주듯 더 좋은 옵션이 붙어 귀속된 거니까. 굳이 배신이라는 단어를 쓰자면 키워서 내다 팔려던 한시민에게 써야지.

"이 배신자, 넌 내가 평생 부려먹을 거다."

하나 그런 양심의 가책 따위는 한 조각도 가지고 있지 않은 한시민은 왼손 약지에서 진홍빛을 찬란하게 뿜어내는 반지를 쓰다듬으며 중얼거렸다.

집에 사는 바퀴벌레도 일 시켜 벌어먹을 놈!

어떻게 해야 한 푼이라도 더 벌 수 있을까 고민하며 내려치는 망치 소리가 경쾌했다.

"흠."

그러다 문득 반지에 대한 궁금증이 생겼다. 왜 갑자기 궁금해졌는지 모르겠다. 아마 게임의 틀을 깨고 상식 밖의 일이 워낙 많이 벌어지다 보니 든 생각일지 모른다. 항상 무언가 해결할 땐 기발한 발상이 도움 됐고, 또 그런 식으로 발상의 전환을 꾀하다 보면 이익이 되었으니.

'NPC나 몬스터도 반지의 영향을 받으려나?'

해서 든 의문은 그것이었다.

역시 엉뚱한 생각!

평범한 게임이었으면 씨알도 먹히지 않을 이야기다.

하지만 지금 플레이 중인 게임은 상상 이상으로 자유도가 높은 판타스틱 월드!

레전더리 직업의 특권일지도 모르지만 저주 마법진마저 강화가 가능한 마당에 이상할 것도 없다.

"흠, 한번 시험해 보고 싶다."

난데없는 학구열이 불타올랐다.

확인하고 싶다.

눈으로 볼 방법이 없을 뿐이지 NPC들도 저마다 레벨이 있고 성장하기에 더더욱 궁금했다. 그렇게 더 나아간 생각이 몬스터들도 영향을 받을 것인가에 미친 것!

일단 아이템 설명엔 유저로 국한하는 단어는 없다.

알을 강화한 한시민의 걸음이 기사단에게 향했다.

"……예?"

"사냥 말씀이십니까?"

"그래, 도착까지 하루밖에 안 남았다며? 가는 김에 사냥 좀 하면서 가자."

"……."

황실 기사단은 준귀족으로 엄연히 따지면 남작이 된 한시민보다 작위는 낮지만 결코 남작 따위의 명령을 듣는 이들이 아니다.

황제의 직속 기사! 황제의 검!

누가 감히 그의 검에게 이래라저래라 명령을 내리겠는가.

당연히 기사단의 표정이 좋을 리 없었다.

"왜, 불만이야?"

"저희는 공을 비밀 무덤까지 안전하게 인도하라는 명령만 받았습니다."

"그래?"

하나 한시민 또한 남작이지만 그냥 남작이 아닌 자! 유일하게 기사단에게 명령 내릴 수 있는 황제의 하나뿐인 사위가 아닌가!

그래서 기사단도 쉽게 거절하지 못했다. 말이 사위지 황제가 죽게 되면 다음 황제가 될지도 모르니까. 혹은 여황제의 부마가 되거나.

"흐음, 후회할 텐데?"

"……?"

그렇기에 우기면 어쩔 수 없이 따르겠지만 한시민은 그런 방법을 택하지 않았다.

'좋은 CEO란 직원이 자발적으로 따르게 만드는 법이지!'

되지도 않는 개소리를 늘어놓으며 왼손을 들었다.

"폐하를 지키려면 더 강해져야 하지 않겠어? 한번 믿고 따라와 보라니까? 아마 한 시간만 사냥해 보면 그다음부턴 나한테 같이 사냥하러 가달라고 애원할 테니까."

"……."

당당한 자신감! 그럼에도 미적지근한 반응을 보이는 기사들!

허어, 안 되겠구만 이거? 이렇게 비협조적으로 나온다 이거지? 딱히 기선제압을 하거나 작위에서 오는 갑질을 할 생각은 없었지만, 날 분노하게 만들다니!

심각한 표정으로 말에서 내렸다. 당연하게도 말 듣지 않는 기사단을 15강 아이템을 앞세워 두드려 패다든가 하는 생각은 요단강을 건너는 지름길을 알려주는 것과 같다.

제아무리 한시민의 장비가 좋다 한들 이들은 황제를 지키는 기사! 대충 어림잡아도 200레벨은 넘겠지. 그냥 밀치기만 해도 한시민이 되레 죽을지도 모른다.

해서 걸었다.

"……?"

"……?"

억울하고 분하지만 어쩌겠나. 판타스틱 월드는 렙 높고 스 탯 좋은 놈이 장땡인 세상인데. 가진 걸 활용해야지.

"난 다른 길로 갈게. 길은 뭐, 혼자 잘 찾아보든가 해야겠 다. 가다가 몬스터 만나서 죽으면 어쩔 수 없고. 폐하께 안부 잘 전해드려. 나도 죽고 나서 제국에 돌아가면 왜 죽었는지 잘 말할 테니."

"……."

얄미운 새끼!

한시민의 의도가 무엇인지 파악한 기사들이 노골적으로 인 상을 찌푸렸지만 잘 트인 길 옆, 우거진 숲으로 들어가는 한 시민의 걸음은 멈추지 않았다.

저대로 가다간 죽는다. 쥐뿔도 없는 모험가인 데다가 알려 지지 않은 비밀 무덤 주위엔 기사들도 조심해야 할 몬스터가 득실거리니까.

기사들이 눈치를 주고받았다.

어떻게 할까?

마음 같아선 한번 죽어보라고 내버려 두고 싶은 마음이 굴뚝 같지만 그렇게 되면 그들은 황제의 명을 따르지 못하게 된다.

결국 답은 하나다.

한시민은 이들이 따를 수밖에 없게 행동했다.

영악한 자식.

황실 기사단이 그의 뒤를 따랐다.

한시민은 일부러 몬스터들을 찾아다녔다.

'이리로 오길 잘했네.'

어차피 알도 강화해야 하는데 잘 닦인 길을 따라가다 잠시 멈춰 명당으로 이동하는 것보다 훨씬 시간도 절약되고 동선도 짧아졌다.

문제가 있다면 역시 만나는 몬스터들.

"크와앙!"

"으악!"

눈치채지도 못했는데 날아오는 공격!

제아무리 현 레벨에 비해 스탯이 과도하게 높은 한시민일지언정 여기서 만나는 몬스터들은 어떻게 비벼볼 수 없을 정도로 레벨이 높았다.

당연히 한 대만 맞아도 사망각이 나오는 상황!

그런 상황 속에서 지켜줘야 할 기사단들은 은근슬쩍 모른 척까지 하니 이 얼마나 분통하단 말인가!

'이 자식들이…….'

마치 갓 부임한 초임 소위를 대하는 병장들 같은 느낌이랄까. 아니지, 소위는 권력으로 병장들을 어떻게 할 수라도 있지. 한시민은 그냥 이등병인데 장인어른이 장군인 정도밖에 되지 않는다.

내 목숨은 내가 지킨다!

조금만 버티면 기사들도 분명 변화를 느낄 것임을 확신하고 묵묵히 몸을 움직였다.

"……."

대놓고 등 뒤로 숨자 슬쩍 피하는 기사. 하지만 역시 죽게 둘 수는 없는지 괴성 지르며 달려는 몬스터를 벤다.

"크에엑!"

뭐라 설명하기도 힘들게 생긴 네 발 괴물의 죽음!

여섯의 기사는 그만큼 강했다.

이렇게 발광하지 않으면 도와주지 않는다는 점만 빼면 참 좋은 기사들인데 말이지.

슬쩍 침을 삼키며 기사들을 훑는다. 이렇게까지 비굴하게 하는 이유가 나타날 때가 됐는데.

"어?"

그러던 와중 기사 중 하나의 의문에 한시민이 회심의 미소를 짓는다.

'왔다!'

역시! NPC도 레벨 업 비슷한 걸 하는 게 분명해.

기사가 당황한 눈빛으로 다른 기사들을 보았다.

"강해졌다."

"······?"

"무슨 소리야."

"때가 아닌데 강해졌다. 성장을 눈앞에 두고 있긴 했지만 적어도 이렇게 빨리는 아닐 텐데."

"후후후."

짜식들.

당황하는 그들의 사이를 자연스럽게 파고든다.

평생 검만 휘둘렀을 이들에게 내가 도움이 될 때가 왔군!

"내가 뭐랬어? 후회하지 않을 거라고 했지?"

"······?"

이건 뭔 개소리야.

쏟아지는 눈빛을 가볍게 무시해 주며 말을 이었다.

"이 반지가 보기엔 거지 같아도 사실 레전더리 등급 아이템 이거든. 주변 대상의 경험치 획득 +60%! 지금 사람이 여섯이니 총 66%를 먹겠네. 거기에 내 옵션까지 더하면 72%. 당연히 빨리 강해질 수밖에!"

"……."

기사들에겐 이해하기 힘든 소리지만 좀 전과 비교할 수 없는 분위기가 연출됐다.

진짜인가?

떨리는 눈동자가 말했다.

어쩔 수 없는 반응!

이들은 평생 검만 휘두른 기사다. 게다가 제국에서 가장 강하다는 황제의 직속 기사단! 강해짐에 대한 욕망은 무엇보다 강할 테고 어떻게든 강해지고자 뼈를 깎는 수련을 한다. 그러니 몬스터를 잡는 게 홀로 검을 휘두르는 것보다 빠르게 강해질 수 있다는 말에 흔들리지 않을 수가 없지.

"어때, 이제 좀 혹해?"

"……좀 더 사냥해 봐도 되겠습니까?"

"물론!"

낚였구나!

고개를 끄덕이며 기사들을 부추겼다.

"어차피 아직 반나절이나 남았으니까 원하는 만큼 마음껏 사냥해 보라고."

문제가 생긴다면 기사들이 사냥을 통해 경험치를 얻지 않는 경우이고, NPC들 역시 사냥을 통해 레벨 업과 비슷한 효과를 볼 수 있다는 게 증명이 된 이상 축복의 반지의 가치는 몇 배나 올라갔다고 볼 수 있다.

'유저를 넘어 NPC까지……'

적어도 게임이 망할 때까지 굶어 죽을 일은 없겠구나!

만족스러운 미소와 함께 검을 뽑아 들고 본격적으로 사냥을 준비하는 기사들을 보았다.

여섯 개의 늠름한 등! 완벽히 한시민을 몬스터로부터 보호하는 대형! 아예 시야조차 가려 어그로 자체를 먹지 않게 하는 모습을 보며 내심 뿌듯했다.

'황제도 이런 느낌이겠지?'

이렇게 든든한 기사들만 있으면 레벨 따위 21이어도 좋다. 이들을 데리고 사냥만 다녀도 필요 경험치 300% 페널티 따위는 씹어 먹을 정도로 빠르게 성장할 수 있을 테니까.

채챙-

타깃을 설정한 기사들이 말없이 달려오는 몹을 향해 검을 휘둘렀다. 한 치의 어긋남도 없는 호흡.

푸푸푹-

"와."

탄성이 절로 나온다.

아까도 정말 실력 차이가 난다 싶을 정도로 다가오는 몬스터를 손쉽게 상대했다. 그러나 지금과 비교하면 그때는 대충 했다는 게 느껴졌다.

일검!

기사 여섯이 내지르는 검은 몬스터 따위가 막을 만한 것이 아니었다.

"……."

절대 낮은 레벨의 사냥터가 아니다. 그럼에도 토끼 사냥하듯 죽이는 클래스라니.

'볼수록 더 욕심나는걸?'

물론 욕심만 나는 건 아니었다. 열불도 났다.

이 개새들…… 진작 이렇게 좀 쓸었으면 좋았을 텐데.

어떻게든 살아보겠다고 보이지도 않는 공격을 마음 졸이며 요리조리 피하던 몇 분 전이 생각나 울컥했다. 마음 같아선 맛만 보여주고 효과를 못 누리게 하고 싶지만.

'쓸 만해 보이니까 봐준다.'

황제의 기사단이 곧 사위의 기사단도 될 수 있는 거 아니겠나!

무단으로 데려다 쓰는 건 불가능하겠지만 이들 스스로 원한다면 말은 달라진다. 대충 명분을 만드는 건 한시민 전문이니까.

"사냥해. 막 해. 그냥 원하는 대로 해버려!"

기사들도 지금만큼은 한시민의 말을 잘 들었다.

드넓은 야생에서 인간의 손을 타지 않고 약육강식의 세계를 구축한 사냥터에 재앙이 닥쳤다.

기사들은 대부분 벽에 막힌 상태! 그걸 사냥으로 인한 경험치 보너스를 통해 강제로 뚫어버리는 중이니 짧은 시간에 한 단계 성취를 이룰 수밖에 없다.

"……강해졌다."

"한 단계 성장했다."

"어떻게……."

경이로운 눈빛이 처음으로 한시민에게 향했다.

사실 한시민이 한 것이라곤 평생 검이나 수련하던 NPC들에게 경험치 맛을 보여준 것밖에 없지만 한껏 어깨를 으쓱였다.

"봤지? 내가 이 정도야."

생색내도 되는 업적이긴 하다. 어쨌든 한시민은 이들에게 새로운 길을 열어준 것이니까. 게다가 축복의 반지를 통해 추가 경험치의 맛을 봐버린 이상 혼자 사냥하는 것엔 만족할 수 없을 터다.

일종의 마약이다. 그리고 한시민은 황제의 기사단에게 마약을 투여한 셈이고.

"스톱! 스톱! 여기서 우회전!"

어쩌면 정체 모를 알도 금방 15강 할 수 있겠다는 생각과 함께 기사단과 사냥터를 헤집었다.

2

기사들은 신세계를 경험하고 있었다. 몬스터와의 전투를 통해 깨닫는 높은 경지라니!

긍지 높은 기사들에겐 어림없는 말이었다. 가끔 용병 중 몬스터 토벌을 통해 실력을 쌓고 기사와 같은 수준이 되거나 혹은 그보다 더 강해지는 이들이 나오긴 했다. 하지만 그건 극히 일부일 뿐이고 결국 기사를 이길 순 없다는 자존심이 가득했다.

해서 쳐다보지도 않았다. 사냥을 위해 대륙을 돌아다니는 시간에 한 번이라도 더 검을 휘두르고, 대대로 내려오는 검술의 오의를 깨우치기 위해 명상하는 게 더 많은 발전이라 믿었으니까.

한데 지금 이 상황은 무엇이란 말인가!

'그토록 이해되지 않던 벽이 깨졌다.'

'강해졌어. 미묘하지만…….'

일정 수준에 다다른 기사에겐 그 작은 차이, 레벨 업을 하며 얻는 몇 개의 스탯 포인트도 엄청난 성장으로 느껴진다.

여전히 뼛속까지 박힌 기사의 자존심은 이런 식으로 강해지는 건 아니라 말하고 있었다. 그러나 멈추고 싶진 않았다.

더 강해지고 싶다! 인간의 가장 근원적인 욕망!

물론 그 이상의 무언가는 없었다. 아무리 축복의 반지 혜택을 받는다 해도 기사들의 레벨대가 워낙 높았기에 고작 몇 시간의 사냥으로 레벨이 오르진 않는다.

해서 적당한 때에 끊었다.

"자자, 이제 가자고. 사냥이야 나중에 또 하면 되잖아. 너희 실력에 맞는 몬스터 찾아서 하면 더 빨리 강해질걸?"

"다음에도 도와주시는 겁니까?"

오늘만 사는 듯 몬스터들을 학살하던 기사들이 놀란 표정으로 물었다. 처음 한시민이 사냥하자 했을 때 쏘아지던 경멸은 조금도 보이지 않았다.

기대! 희망!

은연중에 더 강한 몬스터와 싸우고 싶다 생각한 기사들의 정곡을 찌르는 사기꾼!

"당연하지. 내가 여유만 생기면 바로 와서 도와줄게."

"정말 감사드립니다."

"이런 식으로 강해질 수 있다는 건 처음 알았습니다."

"충심을 다해 모시겠습니다."

진심이 담긴 감사가 한시민에게 향했다.

원래 늦게 배운 도둑질이 더 무서운 법!

"그래그래. 일단은 빨리 비밀 무덤부터 안내해."

기사들의 자존심이고 금기고 뭐고 알 바 아니다. 중요한 건 또 하나의 고객이 늘었다는 사실! 지금이야 맛보기라 생각하고 공짜로 해주었지만 다음부턴 당연히 제값을 받을 예정이다.

"아! 소문내서 기사들 더 많이 데리고 와도 돼."

어차피 축복의 반지는 호텔이나 비행기 좌석 같은 개념이다. 어떻게든 한 명이라도 더 끼워 팔면 이득!

한시민을 중심으로 크게 호위 대형을 짠 기사들이 일사불란하게 움직였다.

비밀 무덤.

이름조차 공개하지 않을 정도로 중요한 게 묻혀 있다는 느낌이 물씬 나는 무덤에 도착했을 때, 한시민은 어째서 이곳이 세상에 알려지지 않았고 황제만 알고 있는 장소인지 느낄 수 있었다.

"……선대 레전드 강화사도 웬만한 또라이는 아니었나 보네."

대체 이런 데다가 무덤을 만든 이유가 뭘까.

잘 닦인 길도 어느 순간 사라져 무조건 고렙 몬스터들이 득실거리는 사냥터들을 거쳐야 하고, 거대한 호수가 형성되어 있는 폭포 뒤를 지나, 높디높은 암벽을 타야 나타나는 장소라니.

베타고의 설정에 감탄이 나옴과 동시에 진절머리가 난다.

그리고 이제야 확신할 수 있었다. 판월 커뮤니티에 떠도는 소문을! 당당히 추천 수 1등으로 베스트 글에 오른 내용을!

'베타고는 유저들을 엿 먹이기 위해 판타스틱 월드를 만들었다.'

그래, 그렇지 않고서야 이럴 순 없지.

만약 한시민 홀로 이곳을 찾으려 했다면 찾을 수 있었을까?

아니! 퀘스트에 적힌 힌트라 해봐야 별을 쫓느니 마느니 하는 개소리뿐인데 어떻게 찾나!

소름이 돋는다. 동시에 안도의 한숨을 내쉰다.

아예 재수 없는 인생은 아니구나.

꼭 결정적인 순간에 한 번씩 불행이 닥쳐서 그렇지 이런 것들을 보면 운이 좋다는 생각을 차마 버릴 수가 없다.

"후, 나 혼자 들어가야 한다 이거지?"

"예, 조건이 맞지 않는 자는 살아 나오지 못했습니다."

"……그 조건이 뭔데?"

"그건 잘 모르겠습니다."

"아니, 그럼 만약 내가 들어갔는데 조건이 안 맞으면 어떻게 해?"

"……."

대답 없는 그대.

침묵했지만 그 안에 담긴 의미는 명확했다.

"죽겠지?"

"……."

"여기가 진짜 전대 다섯 별 중 하나였던 강화사의 무덤 맞지?"

"예, 그건 확실합니다."

"어떻게 확신해?"

"폐하께서 그렇다 하셨습니다."

"……."

아니, 그럼 난 황제의 말만 믿고 들어가야 한다는 말이야?

생각해 보니 불안감이 몰려왔다.

황제는 100년도 전에 죽은 사람의 무덤을 어떻게 아는 거지? 들어가서 나온 사람이 한 명도 없다면서.

그렇다면 이곳에 대한 정보라곤 기껏해야 황제에게 내려오는 역사서 같은 것에 기록된 내용일 텐데…….

그게 만약 거짓이라면? 혹은 추측이라면? 레전더리 직업의 무덤이 맞지만 강화사의 것은 아니라면?

인간에 대한 무한한 불신이 마구 싹튼다.

어쩔 수 없다. 죽으면 결국 자기 손해니까!

뒤늦게 황제에게 따지러 가 봤자 미안하다 한마디 하면 할 말도 없어지고.

"……."

하나 어차피 들어갈 수밖에 없었다. 여전히 홀로 찾으라면 찾을 자신이 없으니까.

게다가 하나뿐인 목숨도 아니잖아.

'죽으면 아쉽긴 하겠지만…….'

레벨이야 이미 손을 놓은 지 꽤 됐고 사망 페널티 한 번은 무시할 수 있는 아이템도 있고.

"가 보자."

결연한 표정으로 무덤 입구를 향해 걸음을 옮겼다.

그리고 안에 들어가는 순간.

[유적이 자격을 시험합니다.]

[입장 조건(레전더리 직업)을 충족했습니다.]

지하로 이어진 칠흑의 내리막길이 한시민을 반겼다.

"으아아아아아악!"

한시민이 떠난 자리, 기사들이 그제야 착검한 채 심각한 표정으로 옹기종기 모였다.

"단장님, 이래도 되는 겁니까?"

"이런 식의 성장이라니. 이건…….."

"흠."

기사단장도 상당히 골치 아픈 표정이었다.

원래라면 해선 안 될 짓이다. 이를테면 불문율! 사냥은 용병의 방식이고 스스로 수련하는 기사들에겐 용납할 수 없는 이야기!

물론 몇 년째 한계에 막혀 있던 이들이 아니었다면 흔들리지도 않았을 것이다.

"…….."

"단장님."

하나 그건 어디까지나 가정! 지금은 자존심 따질 때가 아니다.

"분명한 건 발전이 있다는 것이다."

"……."

"다른 왕국의 기사들도 은연중에 이런 편법을 사용한다는 건 이미 몇 년 전부터 공공연하게 흘렀던 소문. 우리라고 쓰지 못할 이유는 없지. 하지 않았던 이유는 단순히 과거에서부터 올라온 불문율이었으니."

기사들의 실력 상향 평준화!

엄청난 문제다. 대륙을 지배하는 제국이니만큼 그를 수호하는 기사들의 실력 역시 왕국과는 비교할 수 없을 정도로 강해야 하니까.

한데 평화로운 시대가 찾아오고 시간이 흐르며 점차 기사들의 실력이 비슷해지고 있다.

문제는 이렇게 시간이 더 흐르다 제국과 왕국의 격차가 역전될 수도 있다는 것!

"시대가 바뀌었으니 전통도 바뀌어야지."

단장이 눈빛이 가라앉았다.

제국의 검이 꺾인다는 건 곧 제국이 꺾인다는 것과 같다. 그렇게 되는 순간 황제의 위신이 추락할 테고 왕국들은 사방에서 제국을 향한 발톱을 드러내겠지.

과도한 망상일 수도 있지만 동시에 사실이다. 아주 작은 틈. 그게 거대한 둑을 무너뜨리는 시작이니까.

"폐하께 보고드린다. 그리고 남작님의 도움을 받아 성장한다.”

“예.”

대답하는 기사들의 눈동자에 열망이 깃들었다.

3

30레벨 초반부터 시작된 레벨 업 지옥! 정체기!

유저들은 그렇게 불렀다.

자는 시간과 더불어 화장실 가는 시간까지 조율해 가며 사냥해도 며칠을 해야 겨우 1레벨을 올린다. 당연히 지치고 지겹고 힘들다.

그뿐이랴. 한 번, 한 번의 사냥에 조금이라도 더 효율적으로 경험치를 먹기 위해 보다 강한 몬스터를 물색하다 보니 진이 빠진다. 온라인 게임처럼 버튼 하나만 누르면 되는 게 아니니.

판월엔 자연스럽게 불평불만으로 도배되었다. 다행인 점이라면 판타스틱 월드는 사냥 외에도 즐길 콘텐츠가 무궁무진하다는 것. 그게 아니었다면 이미 수많은 유저가 이탈하고도 남았으리라.

“와, 진짜 미쳤다. 경험치 너무 짜.”

“……심하긴 하네.”

"시민이는 언제 와? 그놈이 있어야 뭐가 좀 될 것 같은데."

하나 레벨을 결코 포기할 수 없는 유저들은 불만을 내뱉으면서도 꾸준히 사냥할 수밖에 없었다.

어쩌겠나. 누가 강요하는 게 아닌데.

보다 많은 이득을 취해 앞서 나가며 드넓은 대륙을 모험하기 위해 뼈를 깎는 이들!

"랭킹은 세 개 더 떨어졌어."

"조금만 더 버텨보자."

그러나 주야장천 사냥만 해도 눈에 보이는 랭킹마저 뒤처지니 힘이 계속 빠졌다.

오픈 초기부터 그랬지만 시간이 지나면서 최상위권은 개개인의 특별한 사냥 방법이 랭킹 유지에 가장 중요한 요소!

그들은 충분히 효율적인 사냥을 하고 있지만 머릿수를 바탕으로 경험치를 몰아주는 형식의 플레이나 귀족들과 위탁해 아예 손도 댈 수 없는 몬스터를 사냥하며 쩔 받는 형식은 따라갈 수 없었다.

설상가상!

최악의 시나리오는 이제부터 시작이었다.

"여긴 실드 길드 사냥터니 다른 곳에서 사냥해 주세요."

"……?"

"엥?"

"뭐라는 거야."

뜬금없고 어이없는 말.

꽤나 윤기 나는 갑옷을 걸친 두 유저의 말에 스페셜리스트의 표정이 굳었다.

황당했지만 무슨 뜻인지 이해했다. 여느 게임에서나 늘 있어온 일이니까.

자리! 사냥터 독점!

언젠가 예상은 하고 있었지만 벌써부터라니.

"여긴 저희가 먼저 사냥하고 있던 곳인데요?"

"오늘부턴 실드 길드가 먹었습니다. 사냥하시려면 이용료를 내시거나 다른 사냥터를 찾아주세요."

"……."

역시, 좋게 말해봤지만 개뿔 통하지도 않았다.

가장 성격이 급한 정현수가 방패를 꺼내 들었다. 정설아와 강예슬도 마찬가지!

저들을 이해하지 못하는 건 아니다. 저들도 나름대로 게임을 즐기고 남들보다 앞서기 위한 방법을 택한 거다. 다만, 스페셜리스트도 마찬가지의 이유로 대치를 선택한 것뿐.

"언니, 이거 너무 이른 거 아냐?"

"그러게. 저레벨부터 너무 튀면 좋지 않은데."

"난 그런 거 모르겠고, 저 재수 없는 눈빛 한 놈부터 죽일 거다."

음흉한 눈빛으로 두 여자를 훑는 눈빛과 무례!

스페셜리스트는 단 한 번도 이런 도발을 피한 적이 없다.

"뭐야, 이거. 한판해 보자 이건가?"

"야, 빨리 길드원들 소집해."

사냥터 입구를 지키던 두 유저도 심상치 않은 분위기에 인상을 찌푸리며 외쳤다.

이를테면 허세! 부를 생각이었으면 말로 하지 않고 길드 대화로 호출하면 그만이다.

하지만 이들은 자만했다.

'셋밖에 안 되는데 제까짓 것들이 감히 우릴 치기야 하겠어?'

'마법사 하나에 힐러 하나, 그리고 탱커면 순식간에 죽진 않겠지.'

지팡이로 위장한 검을 든 정설아, 시커먼 색이지만 성복을 입고 있는 강예슬, 그리고 방패를 든 정현수까지.

자연스러운 오해일 수밖에 없다. 하나 그 자연스러운 오해는 해선 안 될 방심이었다.

"쇠약! 탈진!"

"……?"

사제의 입에선 좀처럼 나오기 힘든 단어가 튀어나온다.

그리고 달려오는 정설아.

탱커가 아니라 마법사가 달려오는 모습에 두 유저가 순간 멈칫한다.

상식의 파괴!

게다가 몸도 한껏 느려진 상태다.

"뭐, 뭐야!"

순간 눈앞의 세 유저의 선전포고가 결코 장난이 아니었음을, 감히 셋이서 수백의 유저를 거느린 실드 길드를 건드리려는 의지였음을 파악했지만 이미 늦은 뒤였다.

"파이어 볼."

콰콰콰쾅!

[치명상을 입었습니다.]

상상 이상의 대미지가 두 유저에게 충격을 안겨줬다.

레벨부터 차이 날뿐더러 스탯을 올려주는 아이템을 온몸에 덕지덕지 바른 정설아의 공격! 거기에 강예슬의 저주까지 더해지니 견뎌낼 수 있을 리가 있나.

"자, 잠깐!"

죽음을 직감한 유저들이 외쳤지만 정설아는 자비가 없었다.

쉬지 않고 휘둘러지는 검. 로그아웃되는 두 유저.

전투를 끝낸 그녀의 입가에 미소가 그려졌다.

만족스러움. 끝없는 지루한 사냥에 한 줄기 행복이랄까.

"가자."

스페셜리스트의 장점이 가장 두드러지는 때는 누가 뭐래도 PK를 할 때다. 압도적인 컨트롤과 화려한 아이템을 바탕으로 상대를 찍어 눌러 버리는 힘!

그렇게 여타 게임에서의 전설이 판타스틱 월드에서도 시작되려 하고 있었다.

3

스페셜리스트가 박 터지는 싸움을 시작한 사이 한시민은 어둠 속에 서 있었다.

"……."

뭐야, 이거. 뭐든 나와야 하는 타이밍인데?

한참을 기다리다 지루함이 느껴질 때쯤 걸음을 옮겼다.

보이는 거라곤 깜깜한 어둠뿐이지만 뭐든 나오겠지.

팟-

다행히 예상은 적중했다. 순간 시야가 밝아지며 넓은 공동이 눈에 들어왔다.

돔 형태의 공간!

여기저기 달려 있는 야광주들이 아름답게 수 놓인 공동이라. 제법 운치 있는데?

"뭐, 뭐야."

하나 오래 감상할 수는 없었다. 눈앞에 서 있는 존재 때문.

"……나잖아?"

놀랍게도 한시민과 똑같이 생긴 놈이 그를 노려보고 있었다.

도플갱어! 그게 아니고서야 이해할 수 없는 상황!

"아니, 이해고 뭐고 왜 있는 거지?"

남의 무덤에, 적어도 100년은 있었다는 설정인데 이게 말이 되나?

"……."

어이없어하는 사이 한시민과 똑같이 생긴 놈이 바닥에 놓인 방어구를 착용하고 무기를 들었다.

한눈에 봐도 삐까번쩍한 게 좋아 보이는 장비들! 과연 이곳이 전설이 묻힌 무덤이란 걸 깨닫게 해주는 상황!

무엇보다 지금 당장 침입자인 한시민과 싸우겠다는 의지를 보이고 있었다.

"그래, 이런 게 있어야지. 명색이 레전더리 직업의 유지가 담긴 유적인데."

어째서 출입 조건이 전설의 레전드 강화사가 아니라 레전더리 직업 보유자인지에 대해선 좀 더 고민해 볼 필요가 있겠지만…… 지금 중요한 건 눈앞의 한시민!

"……한시민이라니 뭔가 꺼림칙하네."

내가 나를 죽여야 하는 건가. 왠지 모르게 마음이 약해지는걸?

조심스럽게 경계하며 단검을 뽑아 들었다. 어찌 됐든 유적을 지키는 수문장 같은 느낌이다. 게다가 NPC들도 조건이 맞지 않으면 다 죽었다고 하니 뭔가 강한 구석이 있으리라.

타타탓!

해서 달려오는 도플갱어를 진지하게 응시했다.

집중해서 막아내리라!

챙―

제법 빠른 움직임이었지만 막지 못할 수준은 아니었다. 굳이 비교하자면…….

'딱 나네?'

뭐야, 이거 진짜 수문장 맞아?

속단하긴 이르지만 겉모습부터 시작해 설정이나 이런 게 진짜 도플갱어라면 한시민 본인의 정확한 스탯을 본뜨는 게 맞긴 하다.

'이러면 다를 게 없잖아? 확률은 반반 아닌가?'

라고 생각하는 순간.

"……!"

맞부딪친 검을 빗겨 내리며 튕겨내는 도플갱어!

순식간에 단검이 하늘 위로 올라가는 모양새가 되었다. 바보가 아닌 이상 다음 공격이 어떻게 날아올지 모를 수가 없다.

훙—

하나 머릿속에서 그려진 회피 동작을 행동으로 옮기진 못했다.

늦었다!

같은 스펙인 상황에서 틈을 내주다니.

팅!

검이 그대로 한시민의 심장을 찌른다.

완벽한 패배.

동시에 도플갱어의 무서움이 드러나는 순간이었다.

겉모습과 스탯은 침입자의 것을 공유하지만 경험과 실력은 온전히 도플갱어만의 것을 사용한다. 100년이란 시간 동안 쌓아온 전투 경험이 한시민보단 나은 건 당연한 이야기!

도플갱어가 웃었다.

"뭘 쪼개, 새끼야."

그리고 한시민도 웃었다.

푹—

"……!"

방심에서 나오는 빈틈을 어김없이 찔러 들어가는 15강 단검!

상상치도 못한 대미지에 비틀거리는 도플갱어의 몸을 한시민이 마구 쑤셔댄다.

내가 나를 죽이는 기분이라 찝찝하지만.

"크하하하! 왜? 아이템은 못 따라해?"

"……."

게임이 아니면 이런 경험을 언제 해보겠나!

한참을 찔린 도플갱어가 쓰러졌다.

이곳저곳을 찔러댔음에도 장비는 아직 파괴되지 않았다. 역시 전설들의 무덤을 지키는 문지기답게 꽤나 좋은 장비를 입고 있음을 알 수 있는 부분이다. 그러나 아쉽게도 15강으로 도배한 한시민의 템빨은 뛰어넘지 못했다.

"쯧쯧. 이왕 입힐 거면, 어? 15강으로 좀 입히지. 전설이란 것들이."

하마터면 진짜 죽을 뻔했다. 만약 도플갱어의 스탯이, 혹은 레벨이 한시민보다 높았다면 쓰러지는 건 한시민이었을 터다.

쓰러진 도플갱어는 이내 사라졌고 시야는 다시 암전됐다.

그리고.

―연자여…….

머릿속에 목소리가 울려 퍼졌다.

"뭐야."

누구지?

길드 대화일 리는 없다. 이렇게 할아버지 목소리를 내는 사람은 없으니까. 게다가 여기서 등장할 타이밍도 아니고.

―내 의지를 이은 연자여. 들리는가.

"아! 레전드 강화사?"

―그렇다. 용케 시험을 통과했구나.

웬 시험? 설마 도플갱어를 말하는 건가?

―궁금한 게 많겠지. 하지만 내가 이야기해 줄 수 있는 시간이 얼마 없구나. 연이 닿아 이곳을 찾아내었고 자격을 갖춘 뒤 시험을 통과했으니 간단하게 설명해 주겠다.

"……."

울리는 목소리에 침묵했다. 한시민은 사실 여기가 뭐 하는 곳인지 아는 바가 없었다. 막연히 무덤이니까, 그리고 대륙에서 방귀 좀 뀌었던 사람이니까 괜찮은 아이템들이 함께 묻혀 있진 않을까 기대했던 것뿐.

해서 들어보기로 했다. 뭐 하는 곳인지.

–100년 전, 생을 마감하기 전 난 다른 네 전설에게 제안을 했지. 유적을 만들고 훗날, 우리의 유지를 받든 이가 오는 날에 선물을 주기 위해 각자의 보물을 하나씩 묻어두자고. 어찌 보면 유희였지. 우리 다섯은 공생하되 경쟁하는 사이였으니까. 각자의 실력을 겨뤄보기엔 파장이 너무나도 크고.

별 시답잖은 내기를 다 하셨네.

하긴 뭐, 할 게 없으면 인간은 뭐라도 하고 싶어 한다. 군대에서 뼈저리게 느꼈기에 공감할 수 있었다.

–유지를 받드는 이가 언제 생길지, 누가 먼저 이곳을 찾을지, 그리고 시험을 통과할지 그 어느 것 하나 예측할 수 없는 승부니 얼마나 짜릿한가. 우리는 각자의 보물 하나씩을 준비했고 난 그렇게 생을 마감했네. 가장 먼저 삶을 마감한 나의 연자가 내 체면을 세워주니 기쁘기 그지없네.

예예, 알고 있으면 보물인가 뭔가를 주시죠?

스승의 뿌듯함 따위엔 조금도 관심이 없는 한시민이 기대하기 시작했다.

보물!

어찌 됐든 결말은 이거였다.

시험을 통과했고 체면을 살려주었으니 내 보물을 주겠다!

돈을 갈고리째로 끌어모았을 자의 보물이라니. 생각만 해도 한시민의 가슴이 두근거렸다.

─자, 그럼 자네에게 선택권을 주겠네. 다섯 개의 보물, 그중 원하는 것 하나를 가지게.

동시에 다시 눈앞이 밝아지고 하나의 열쇠가 눈앞에 등장했다.

"……?"

그리고 보이는 다섯 개의 상자.

뭐야, 어쩌라고.

추가적인 설명을 기다렸지만 더 이상 들려오는 목소리는 없었다.

시선이 자연스레 상자들로 향했다.

그러니까 정리 좀 해보자면, 여긴 사실 전설의 강화사의 무덤이면서 동시에 다섯 레전더리 직업의 공동묘지 같은 건데 죽기 전 할 일 없던 백수 다섯이 나중을 기약하며 내기를 하셨다? 그런데 가장 먼저 방문한 게 한시민이고 내기를 통과해 보상을 준다?

"아니, 뭐……."

이딴 거지 같은 게 다 있어? 내 퀘스트는? 왜 완료 안 돼?

복잡한 것투성이다.

기대했던 보상은 이게 아닌데.

"하아."

어째 만나는 NPC 중 정상인이 하나도 없냐. 이젠 죽은 놈마저 제정신이 아니네. 그래도 명색이 제자고 유지를 이어받아 대륙에 이름을 떨쳐 줄 은인인데, 황제의 개인 창고만큼은 아니더라도 이것저것 좀 챙겨줘야 할 것 아냐!

"내 팔자야."

어쩌겠나. 주는 거라도 잘 받아먹어야지.

한숨과 함께 열쇠를 확인했다.

[만능열쇠]

* 등급: Legendary
* 옵션 1: 만능 상자를 열기 위한 1회용 열쇠

"와!"

생에 세 번째 레전더리 아이템을 고작 1회용 열쇠로 만나다니. 어이가 없어 한숨도 안 나왔다.

어지간히 할 짓 없는 사람들이었나 보네.

동시에 궁금증이 생겼다.

대체 개념 없는 다섯 별의 정체는 뭘까? 하나는 강화사고 나머지 넷은 뭐 하는 직업이기에 이런 장단에 놀아준단 말인가!

유유상종도 급이 있지. 사실 세상 사람들이 떠드는 대륙의 다섯 별은 다섯 또라이가 아닐까?

열쇠를 들고 아무 상자에 다가가 상자를 확인했다.

[만능 상자]

* 등급: Legendary

* 옵션 1: 만능열쇠로 열 수 있는 상자

하나 원하는 정보는 나오지 않았다.

"……."

황당함이 배가 된다. 다섯 개 중 원하는 자의 보물을 고르라면서 어느 게 누구 건지 확인도 안 시켜주다니.

"아니, 잠깐."

그럼 그냥 운에 맡겨야 한다는 거 아냐?

열쇠가 바닥에 내동댕이쳐졌다.

폭주!

다른 직업은 필요 없고 강화하는 데 조금이라도 도움이 되는 무언가라도 기대했던 한시민이 발끈했다. 동시에 보물이고 뭐고 만능 상자를 걷어차기 시작했다.

"이런 빌어먹을 자식들! 무덤 어디 있어! 내가 다 파버리려니까!"

인성이 아무도 없는 공간에서 마음껏 분출됐다.

누군가 있었다면 혀를 찰 정도의 광기!

그만큼 어이가 없었다.

"SS급 퀘스트가……."

이딴 식으로 끝난다고? 정말? 뭐, 갑자기 레벨이 30 정도 오른다거나 스탯을 150 정도 준다거나 정도는 해야 되는 거 아닌가?

허무하다. 그러면서도 끊임없이 그럴 리 없다 세뇌하는 뇌가 밉다. 그렇게라도 해야 마음이 편해질 것 같았다.

"아냐, 원래 보상이 단순할수록 질은 높아지는 법이니까."

한참을 절망하던 한시민이 이내 태도를 바꿨다. 그에겐 아직 확인하지 않은 단 하나의 보상이 있지 않은가!

만약 상자를 열었는데 거기서 정말 축복의 반지 같은 게 떡 하니 나온다면?

그야말로 인생역전! 잃었던 기회를 다시 잡을 수 있다!

오락가락하는 기분을 겨우 수습한 뒤 열쇠를 주웠다.

이제부터 중요한 건 어느 상자를 고를 것이냐.

전설의 강화사가 쓰던 보물이면 가장 좋겠지만 확률은 20%. 나올 확률보다 안 나올 확률이 더 높다.

"흐음."

어쩔까.

고민하다 방향을 틀었다.

"그러고 보니······."

역지사지!

아직 태어나지도 않았을 제자들을 가지고 내기했을 다섯의 레전더리 직업 보유자의 마음을 생각해 봤다. 그들 역시 또라이였을 것으로 짐작되니 그리 어렵지 않았다. 만약 한시민이었다면 어땠을까 생각해 보면 되는 거니까.

"나였으면······."

아마 즐기지 않았을까?

소설에서 나오는 위대한 영웅들이야 후견인에게 모든 걸 주고 떠나기 위해 이것저것 준비하겠지만, 그렇지 않은 자들이야 내가 죽고 난 다음의 상황에 대해 딱히 생각하지 않을 테니까.

오히려 내 모든 걸 이어받고 행복하게 사는 모습이 질투 날지도 모른다. 해서 엿 먹었으면 좋겠다고 생각할지도.

"······."

이렇게 생각하니 소름 돋네.

더 놀라운 사실은 이쪽으로 방향을 잡으니 오히려 이야기가 맞는다는 것이다.

그렇다면?

"다섯 개의 상자는 아마 부러워 뒈지라는 뜻이겠지."

하나같이 대륙을 호령할 보물을 넣어둔다. 그리고 하나만 골라야 하는 심정이란! 눈앞에 로또 1등 용지 다섯 개가 있는데 하나만 골라야 하는 느낌이겠지. 아니, 차라리 로또면 돈으로 받아 다른 데 쓰면 되는데 이건 아니다.

가지각색!

뭐가 나오든 좋겠지만 최상의 시나리오가 나올 확률은 20%다.

기대에서 오는 실망은 보통 때보다 몇 배나 더 높다!

"이런 사이코들."

어디까지나 짐작일 뿐이지만 확신하는 한시민은 분노에 몸을 떨었다. 동시에 다짐했다.

"뒤졌어."

누가 왔든 한시민의 기분을 느꼈을 것이다. 5만 원짜리 밥상이 차려져 있는데 만 원어치만 먹어야 한다면 누구라도 화난다. 해서 정의구현을 하기로 했다.

"1인분만 처먹으라고? 알았어."

열쇠 끼울 상자를 고르는 대신 망치와 모루를 꺼낸다. 허름한 망치 대신 딸려 나오는 레전더리 망치!

"당신의 망치로 당신의 이상한 놀이를 박살 내 주지."

입가에 비릿한 미소가 걸렸다.

동시에 1회용 열쇠를 내려쳤다.

4

하나의 사냥터에 상주하며 관리하는 건 결코 쉽지 않다. 유저 레벨도 레벨일뿐더러 길드원 수가 받쳐 줘야 가능한 일! 그뿐이랴. 언제든 싸울 준비를 할 수 있도록 자금도 빵빵해야 한다.

그런 의미에서 실드 길드는 길드원들에겐 제법 괜찮은 길드였다. 시간을 정해놓고 출입하는 유저들을 통제하며 어느 정도 이름도 알렸고, 혹시 시비를 걸더라도 언제든 접속해 전쟁을 치를 준비가 된 유저들만 선별해 뽑았으니까.

당연히 많은 지원이 이뤄졌고, 유저들의 평균 레벨은 높을 수밖에 없다. 아이템이야 두말할 것도 없고.

요즘 게임을 제대로 즐기는 이들 중 판타스틱 월드에 돈 몇백 지르지 않은 유저가 없는 세상인데 어떻겠는가! 감히 스페셜리스트에 비할 바는 아니지만 어디 가서 꿇리지 않을 정도는 된다.

해서 머리를 썼다.

"속박. 쇠약."

"……!"

푹!

"으악! 여기다! 여기!"

제아무리 스페셜리스트라도 100 넘는 숫자와 싸워 이길 수는 없다.

먼 훗날, 레벨이 높아지고 열심히 메인 퀘스트를 따라가 장비의 수준이 감히 쳐다볼 수도 없을 정도로 차이 난다면 모를까, 지금 그들이 여타 유저들과 비교해 뛰어난 점은 강화한 아이템을 착용하고 있다는 것과 레벨이 조금 더 높다는 것뿐이었다. 그래 봐야 스탯 10에서 30 차이지만.

거기에 더 얹으면 컨트롤 정도? 하나 사방에서 몰려오는 적들을 상대할 땐 컨트롤이고 뭐고 없다. 그러니 치고 빠지는 수법을 선택할 수밖에.

"이런 비겁한! 요리조리 도망치지 말고 덤벼라!"

"그러든지."

"아니! 조금만 기다…….."

퍽!

거대한 방패를 휘두르고 그 뒤에서 빈틈을 노려 검을 찌르는 정설아. 더해지는 저주 마법은 마법 저항력은커녕 방어력 올리는 것도 벅찬 유저들에겐 너무나도 큰 재앙이다.

"몇 명 죽였지?"

"한 20?"

"생각보다 많네."

힘들진 않다. 어떤 게임이든 만렙을 찍고 나면 떠오르는 게

PVP 콘텐츠고 그 분야에 있어 스페셜리스트는 마스터급으로 숙련이 되었으니까.

온라인 게임과 가상현실을 감히 비교할 순 없지만 애초에 갖고 있는 뛰어난 컨트롤과 더해지는 완벽한 호흡은 수적 차이를 좁히는 데 전혀 무리가 없도록 만들어주었다.

물론 행운도 더해졌다.

아직 게임 초반이라는 점, 실드 길드의 사냥터 독식에 무력으로 대응한 이들이 없다는 점, 실드 길드에 가입한 유저들이 한 나라에 국한된 게 아니라 전 세계적으로 퍼져 있어 한 번에 모든 길드원이 집결하지 않았다는 점까지 덩치 큰 길드의 노골적인 약점이 여실히 드러났다.

"언니, 어쩔 거야? 조금만 더 죽이면 대충 끝날 거 같은데."

"……음."

오랜만에 싱글벙글한 강예슬이 부추기며 물었다.

룩덕에만 관심이 잔뜩인 그녀가 귀찮아도 사냥하고 밤을 새우는 것도 투덜거릴 뿐 한 번도 마다치 않는 진짜 이유!

PVP.

오히려 정설아보다 더 PVP에 대해 관심이 많고 심지어 돌대가리로 스킬을 연구하기까지 하는 노력을 보여줄 정도!

"다 죽여야지, 하던 대로."

그런 그녀의 기대에 정설아가 부응해 주었다.

강예슬과 반대로 정설아는 재미로 PVP를 하는 유저가 아니다. 게임일지언정 자기 캐릭터가 죽으면 화가 나고 죽인 상대에 대한 분노가 생기고 결국 얼굴을 붉히게 되는 상황이 벌어지기 때문. 가장 효율적으로 성장하고 빨아먹는 그녀의 방식과는 조금 벗어나는 일이다.

하지만 결코 걸어오는 싸움은 피하지 않는다.

전쟁이 시작된 뒤의 항복? 그런 건 없다. 평소엔 평화를 선호하지만 전쟁에 돌입하면 그 누구보다 치열하게 전쟁에 임한다.

정현수야 그런 동생의 행보에 따를 뿐이고.

"슬슬 간부들도 들어오는 거 같은데."

"좀 더 조심히 움직이자."

"응."

우위를 잡았음에도 아직 끝난 게 아니기에 긴장을 풀지 않았다.

현실감이 넘쳐흐르는 게임이기에 오히려 PVP에 가산점이 붙지만 그만큼 상대가 꺼내들 변수도 무궁무진하다는 뜻이니까.

게다가 초면에 치르는 전쟁이지 않은가. 혹여 한시민처럼 괴물 같은 레전더리 직업 보유자라도 나타나면 게릴라고 뭐고 한 명에게 죽을 수도 있다.

다행히 50명을 넘어 70, 그리고 사냥터에 유저 한 명 보이지 않게 된 뒤에도 그런 유저는 나타나지 않았지만.

"후아."

"오랜만에 땀 좀 뺐네."

싸움이 끝난 뒤 강예슬의 입가에 만족스러운 미소가 걸렸다.

판타스틱 월드에선 PK도 경험치를 주었다. 사냥했을 때보단 효율이 별로였지만 꽤 많이 얻었다.

그리고 무엇보다 실드 길드의 유저들이 죽으며 떨군 아이템들을 줍는 것도 제법 쏠쏠했다.

"시민 오빠 있었으면 입이 귀에 걸렸겠네."

"오실 때가 된 거 같은데."

"제국에서 이제 볼일만 보고 온다 했어."

잠깐의 휴식과 다시 시작된 사냥.

여유로워진 사냥터에서 시간을 때울 이야기를 꺼냈다.

실드 길드가 어떻게 나올지에 대한 걱정은 그들이 다시 접속하는 48시간 뒤에 해도 늦지 않다. 지금 늦은 건 뒤처지기 시작한 레벨 랭킹의 차이를 어떻게든 좁히는 것!

그걸 한시민 한 사람의 손에 맡겨야 하다니. 한숨이 절로 나왔지만 어쩌겠나. 이미 축복의 반지 옵션을 봤는데. 이보다 빠른 레벨 업 부스터는 없다.

어쩜 벌써부터 그런 아이템을 얻었을까? 한시민 본인은 저주캐라고 한탄하지만 부러움의 대상일 수밖에 없었다. 그런 게 손에 끼워져 있으면 당장에라도 며칠 밤을 지새우며 사냥할 텐데!

"쳇, 그래도 시민 오빠보다 우리가 PVP는 더 잘할 거야. 그치?"

부러움에 강예슬이 내뱉었다. 딱히 틀린 말도 아니기에 정현수도 고개를 끄덕였다. 정설아만 표정이 어두울 뿐.

'진짜 이길 수 있을까?'

같은 레벨에 같은 아이템을 끼고 싸운다 생각해 보면 정설아가 나설 필요도 없이 강예슬이나 정현수 정도면 이길 수 있다 확신할 수 있다. 한시민의 컨트롤은 나쁘진 않지만 중간에서 조금 위인 수준이니까.

하지만 그건 어디까지나 한시민 자체를 놓고 봤을 때의 가정일 뿐. 한시민은 결코 만들어 놓은 행성 파괴급 아이템들을 벗고 싸워주지 않을 터다. 그렇다면?

"……힘들걸?"

정설아까지 합세해 셋이 달려들어도 무리다. 급소고 뭐고 칼로 후벼 파도 살가죽은커녕 방어구도 뚫지 못할 텐데 무슨 수로 이기겠는가. 강예슬의 저주가 거의 강철도 두부로 만드는 수준의 방어력 감소를 불러온다면 모를까.

자연스럽게 이제 겨우 31레벨인 강예슬의 표정이 시무룩해졌다. 그녀 역시 알고 있다.

"그래도 괜찮아. 아직 초반이니까! 우리도 천천히 레벨 올리고 아이템 맞춰서 시민 오빠한테 강화 맡기면 언젠간 이기는 날이 오겠지."

그렇기에 더더욱 파이팅을 다졌다.

돈으로 살 수 없는 것에 대한 부러움! 한시민이 보았다면 비웃어주며 놀렸을 그림!

"……?"

['시민' 님께서 '+14 만능열쇠' 강화에 성공했습니다!]
['시민' 님께서 '+15 만능열쇠' 강화에 성공했습니다!]

아쉬움을 홀로그램으로 대신 전달한 것일까. 이어지는 공지에 인상을 잔뜩 찌푸렸다.

"뭐야, 놀리는 거야? 이제는 하다 하다 열쇠도 15강을 해버리네?"

"…… ."

"…… ."

할 말이 없는 건 정설아와 정현수도 매한가지였다.

설마 저 만능열쇠가 레전더리 등급의 아이템임을 누가 예상하겠는가!

침묵이 이어졌다. 그리고 사냥이 시작됐다.

더 강해지자!

무언의 의견이 암묵적으로 일치했다.

5

한시민은 쓸모없는 곳에 낭비하는 걸 싫어한다.

황궁에서 훔쳐온 것을 더해 90개의 강화석이 있음에도 변하지 않는 초심! 오라 제어 장치에 단 1강도 하지 않은 게 그의 초심을 증명하는바!

하지만 분노한 한시민은 망설임 없이 만능열쇠에 열다섯 개의 강화석을 질렀다.

'분명 뭔가 나오겠지.'

머릿속엔 이미 그림이 그려졌다.

다른 옵션은 다 필요 없다. 횟수 증가! 특수 옵션이고 오라고 다 붙지 않아도 된다. 강화로 인한 기본 옵션의 증가! 그걸 노리고 강화했다.

다행히 유적 내부는 강화 명당이 잔뜩 분포되어 있었다. 얼마 전 사막 유적과 비교조차 할 수 없을 정도로 많이!

그만큼 레벨대가 높은 던전이고 빌어먹을 전설의 강화사가 잠들어 있는 공간이기 때문이리라.

해서 좋은 물건이 나왔다. 어떻게든 한 방 처먹이겠다는 의지로 망치를 내려친 한시민의 입가에 만족이 생길 정도로.

[+15 만능열쇠]

* 등급: Legendary

* 옵션 1: 만능 상자를 열기 위한 1(+10)회용 열쇠

* 옵션 2: 만능 상자 이하의 자물쇠 개방엔 회수가 소모되지 않음

당장 눈앞의 다섯 개의 만능 상자만 열 수 있다면 상관없다. 만족스럽게 열쇠를 든 한시민이 싱싱한 재료들을 바라보듯 만능 상자들을 훑었다.

네 이놈들, 감히 단체로 날 엿 먹이려 했겠다? 참교육을 시켜주지.

"후후후."

미소가 절로 난다.

무덤에서 다섯 전설이 보면 무슨 기분일까? 잔뜩 미로를 만들고 함정을 깔아놨는데 치트키를 써서 벽을 부수고 출구를 찾는 침입자!

"크."

이 모습을 봤어야 하는데.

한시민은 작금의 상황에 만족하며 아무 상자나 하나 잡았다. 잠시 만능 상자도 강화해서 열어볼까 고민했지만 이내 고개를 저었다. 아무리 생각해도 상자는 강화할 가치가 없다. 어차피 안에 들어 있는 물건엔 변화가 없을 테니.

상자에 강화석을 쓰느니 차라리 안에 든 아이템에 쓰자!

첫 번째 상자에 열쇠가 꽂혔다.

한시민이 강화사가 아니었다면, 능력이 없었다면 단 한 번뿐인 기회인 주제에 운에 맡겨야 한다는 사실에 심장이 벌렁벌렁 뛰었겠지만.

"뭐, 아무거나 나오겠지."

다섯 개를 모두 열 생각인 그에게 과도한 긴장은 의미가 없었다.

딸깍

구멍에 안착한 열쇠를 돌리자.

[만능열쇠가 1회 소모됩니다.]

별다른 효과 없이 상자가 열렸다.

"……?"

그 안에 든 물건은 한 장의 양피지와 한 권의 책이었다.

한눈에 봐도 편지임이 분명한 양피지부터 펴 보았다.

운이 좋은 누군가에게.

이 양피지를 보고 있다면 우리 다섯의 연이 닿은 미래의 누군가 겠지. 시험을 통과하고 다섯 상자 중 행운이 겹쳐 나의 상자를 골랐을 테고.

축하한다.

다섯 놈팽이 중 가장 강한 내 보물을 선택하다니. 뭘 해도 대륙에 이름을 알릴 놈이구나. 껄껄.

내가 준비한 보물은 그야말로 대륙에 이름을 드날릴 아주 귀중한 것이다. 다른 네 연놈들도 내 보물을 보고 경악을 금치 못했지.

아마 네놈도 보면 깜짝 놀랄 거다. 크흐흐.

선물은 책을 펼쳐 보면 알게 될 거다.

어떤 놈의 제자일지는 모르지만 내 선물을 받으면 네놈의 스승 따위는 내게 안 된다는 걸 뼈저리게 느끼고 절로 존경하는 마음이 샘솟을 것이다.

그런 뒤엔 대륙에 나가 보여주거라! 내 위대함을!

"지랄하네."

읽자마자 곧바로 양피지를 찢어버렸다.

차라리 흙을 퍼먹는 게 이보다 영양가가 있겠다. 처음부터 끝까지 자기 자랑에 결국 누군지조차 말하지 않고 내용이 끝나 있잖아.

읽은 시간이 아까울 정도다.

갈기갈기 찢어진 양피지에 침을 뱉고 책을 꺼냈다. 그냥 시작부터 이걸 읽으라고 했으면 시간 버리지 않고 좋았을 텐데.

마음 같아선 허세처럼 느껴지는 책도 그냥 내동댕이치고 싶었지만 차마 마음속의 자본주의가 낳은 괴물을 위해 그럴 순 없었다.

'일단 한번 열어본다.'

구리면 뒈졌어. 어디 묻혀 있든 찾아가 꼭 무덤을 파내고야 만다.

속으로 협박하며 책을 꺼냈다. 겉보기엔 그냥 평범한 양장본 수준의 책이었다. 두께도 적당하고 고대의 느낌이 물씬 풍기는.

'마법서인가?'

혹시 전설의 마법사? 그리고 이 책은 1서클부터 9서클까지의 마법이 적힌 책?

"……."

침착하게 뛰던 맥박이 거칠어지기 시작했다.

레전더리 등급의 마법사. 한시민은 관심이 없지만 세상 부자들은 그렇지 않을 것이다.

김칫국을 들이마시며 책을 펼쳤다.

동시에.

['전설의 레전드 테이머'로 전직했습니다!]

[레전더리 직업군 페널티(필요 경험치 +200%)가 적용됐습니다.]

[보상(보너스 스탯 포인트 10)을 획득했습니다.]

['테이밍(SS)'을 습득했습니다.]

[보조 직업을 선택했습니다.]

[보조 직업 페널티(필요 경험치 +50%)가 적용됐습니다.]

"……시발?"

넓은 공동은 한시민의 욕으로 한동안 고통을 받아야 했다.

⑥

[캐릭터 정보]

* 이름: 시민

* 작위: 제국의 남작

* 직업: 전설의 레전드 강화사(2차 각성)

* 보조 직업: 전설의 레전드 테이머

* 칭호: 11개

* 레벨: 21(필요 경험치+550%)

* 스탯(107): 힘(86+55) 민첩(101+110) 체력(55+55) 행운
  (233+55) 마력(40+55)

* 스킬: 강화(F), 절대 강화(SS), 레전더리 힐(S), 신의 가호(SS),

테이밍(SS)

* 보조 옵션

1. 강화 성공 시 특수 옵션 추가 확률 +23%

2. 강화 성공 시 일정 확률로 강화 효과 상승 +5%

3. 강화 성공 확률 +5%

4. 레전더리 등급 아이템 효과 +10%

"……."

이 정도면 아름답다 해야 하나.

남들은 B급 스킬 하나 얻어 보겠다고 아등바등하는 이때 SS급 스킬만 3개에 S급 스킬 한 개까지.

스탯이야 말할 것도 없고 21레벨에 얻은 귀족 작위에 두 개의 레전더리 직업.

보조 옵션도 강화사들이 본다면 헉 소리가 나는 좋은 것들이다.

그런데 왜!

왜 눈물이 나는 걸까.

"……젠장."

이런 빌어먹을 놈들. 직업 이름부터 유치 풀풀 날리는 전설의 레전드 같은 수식어를 붙일 때부터 알아봤어야 했는데. 어째서 자기가 가장 아끼는 보물이 제 직업이란 말인가!

"이딴 거 필요 없다고!"

테이머는 개뿔.

이미 첫 번째 레전더리 직업을 얻으며 사냥을 1차로 포기했고 신의 가호가 적용되면서 2차로 포기했다. 마지막은 축복의 반지가 귀속되면서 쐐기를 박았고. 그런데 아예 이젠 시체까지 고이 지르밟는구나.

"미친. 550%⋯⋯."

기네스북에 등재해도 되는 수치라 해도 믿겠다.

1레벨을 올리려면 남들보다 거의 6배는 더 많이 사냥을 해야 하다니. 상상만 해도 끔찍하다.

거기에 만약 누군가와 경쟁하는 동안 그자가 한시민의 옆에서 사냥한다면?

경험치 보너스 66%를 먹고 가니 노력해야 하는 양이 근 2배에 가까워질 것이다.

정녕 평생 망치나 두드리며 돈이나 빌어먹고 살라는 신의 계시입니까⋯⋯ 는 개뿔. 베타고의 농간이겠지.

원망스러운 눈빛으로 이 모든 일의 원인이 된 책을 내려다보았다.

아무것도 적혀 있지 않은 책. 계속 넘겨보아도 마찬가지다. 전직만을 위해 준비한 듯했다.

9서클 마법서는 개뿔.

"풰!"

그래도 혹시 모르는 마음에 마지막 장까지 넘겨보았다.

마지막 장엔 하나의 지도가 펼쳐져 있었고, 그곳에 몇 개의 점이 찍혀 있었다. 바보가 아닌 이상 그게 무엇을 뜻하는지 모를 리 없을 터!

"나보고 지금 보물찾기나 해라 이거지?"

전직했으니 그에 맞는 무언가를 준비해 놓은 센스엔 박수를 쳐 주고 싶은데 그냥 좀 주면 안 되냐고! 개고생해서 찾아온 제자들에게 이딴 식으로 엿을 먹이다니.

"하아."

책을 대충 갈무리해 아공간에 넣었다. 지금 심정으로는 보물이고 뭐고 그냥 다 되돌리고 싶다.

전설의 테이머 따위. 몬스터 길들여서 뭐한다고.

강화와 더불어 시너지 효과를 낼 방법은 본능적으로 머릿속에 떠오르지만 당장 영지 키우기도 바쁜 시기에 몬스터까지 테이밍해서 키운다?

진심으로 대출과 함께 게임을 해야 할지도 모른다.

해서 지옥에서 보고 있을 전설의 테이머에게 엿을 날려주고 다음 상자를 들었다.

"……."

들었다가 났다.

이걸 정말 열어도 될까? 혹시 열었다가 또 한 번 똥을 뒤집어쓰는 거 아닐까?

불안함이 몰려온다.

물론 일반 유저들 입장에서 상자를 열었는데 레전더리 직업이, 그것도 원래 하나 가지고 있는데 하나가 더 나오면 기뻐 난리 칠 수준의 보상이다. 성장이 조금 어려울 뿐이지 두 개의 레전더리 직업이 만들어내는 효과는 감히 일반 직업들과는 비교할 수 없을 테니.

하지만 그건 어디까지나 개개인이 받아들이는 느낌의 차이일 뿐. 한시민에겐 벌칙이나 다름없다.

해서 고민했다.

열지 말까?

그러기엔 또 궁금하다. 전설의 강화사는 무슨 보물을 넣어두었을까?

"흠."

이내 결정을 내렸다.

'한 번만 열어보고 개 같은 거 나오면 까지 말자.'

언젠간 까겠지만 두 번 연속 멘탈이 나가면 아무리 한시민이라 해도 의욕을 잃을 수도 있다.

"후."

들었던 상자를 내려놓고 다른 상자를 들었다.

왠지 저거 불길해.

열쇠를 넣고 돌린다.

딸깍.

소리와 함께 드러나는 두 번째 보물의 정체!

"……또 반지야?"

반지와 마찬가지로 양피지 한 장!

순간 왼손으로 자연스레 시선이 간다. 약지부터 끼워져 있는 축복의 반지와 오라 제어 장치. 둘 다 어지간히 좋은 것들이라 기대되는 건 사실이지만 동시에 그 기대만큼의 기쁨은 없었다. 너무 뻔하달까.

뭐만 하면 다 반지로 만드네.

효율로 따지면 장신구, 그것도 최소 20개는 낄 수 있는 반지가 좋다고 해도.

"반지 부자 되겠어."

투덜대는 입가엔 절로 미소가 걸린다.

그래도 펼치자마자 본인 의사는 듣지도 않고 마음대로 전직시켜 버리는 테이머보단 훨씬 낫네.

배부른 불만을 마음껏 터뜨리며 양피지부터 확인했다.

이번엔 또 얼마나 정신 나간 놈의 전언일까.

연자에게.

이 양피지를 보고 있다면 그댄 우리 다섯 중 하나의 연이 닿은 제자겠군.

아마 내 제자일 확률이 가장 높겠지만.

해서 내 제자라 가정하고 말하겠네.

우리 다섯 성격이 워낙 괴팍해 하나의 선물만 고르게 했지만 어찌 됐든 내 보물은 다른 네놈의 것과 비교해도 가장 좋으니 자부심을 가져도 좋네.

버퍼!

그대의 능력에 가장 도움이 될 보물을 준비했으니 마음껏 대륙에 이름을 날려보게. 껄껄.

아! 그리고 혹시나 그럴 확률은 매우 낮겠지만 다른 놈팽이의 제자 놈이 내 보물을 가졌을 때는 보물의 효과를 반의반도 못 쓰게 만들어 놨으니 기대하지 않는 게 좋을 거다!

그럼.

"……."

확실해졌다.

다섯 개 중 두 개를 깠는데 그 안에 보물을 넣은 두 놈 모두 제정신이 아니다. 그렇다는 말은 곧 나머지 셋도 마찬가지라는 뜻이겠지. 유유상종이니까.

한시민이라면 같은 레전더리 등급의 직업이라도 이런 정신 병자들이랑은 내기는커녕 말도 섞지 않을 테니까.

"영웅은 개뿔. 할 짓 없는 양아치들이네."

내기는 했지만 제 제자가 아니면 쓸모없는 보물을 넣었다! 어때, 약 오르지?

두 줄로 요약 가능한 양피지를 역시 갈기갈기 찢으며 반지를 꺼내 들었다.

버퍼. 확실히 매력적인 직업이다. 강화사, 테이머, 버퍼 중 하나를 고르라면 버퍼를 선택할 정도로.

그런 버퍼의 능력을 극대화해 줄 보물이라.

한시민에겐 크게 효과가 없을 물건이겠지만 우선 한 번 확인해 보기로 했다. 갖고 있다 나중에 해당 직업이 나타나면 괘씸죄까지 더해 10배로 비싸게 팔면 되니까.

오히려 직접적인 피해가 없으니 테이머 때보다 훨씬 마음이 편했다.

[버프 더 버프]

* 등급: Legendary

* 옵션 1: 모든 버프 효과 +100%

* 스페셜 옵션 1: 내구도 무한, 파괴 불가

* 스페셜 옵션 2: 귀속 각인(시민) 효과 적용으로 사망 시 드랍되

지 않음

웅?

뭐야, 이거.

반지를 확인한 한시민이 인상을 찌푸렸다.

어디서 많이 본 옵션이 눈에 띄는구나.

"이런 개새……."

양피지에 쓰여 있던 다른 직업이 가져갔을 때의 고난이란 게 이런 거냐!

아이템을 확인하자마자, 심지어 착용조차 하지 않았는데 귀속돼 버리는 단호함이라니.

헛웃음만 나온다.

"그래, 시댕. 이렇게 된 거 그냥 돈이나 벌자."

확실히 테이머나 강화사까지만 생각해 보면 이 아이템의 효과를 반의반도 누리지 못한다. 남에게 도움이 될 만한 버프를 가지고 있을 리가 없으니까.

버퍼를 위한 아이템!

하나 그 강화사와 테이머가 한시민이라면 이야기는 달라진다.

"미친, 그럼 이제 경험치 보너스 130%인가."

축복의 반지!

다른 유저의 능력을 향상시키는 버프나 마찬가지니 오히려 날개를 달아주는 격.

"하아."

역시 이렇게 될 거였어.

한숨 내쉬며 남은 세 개의 상자도 아공간에 처넣었다. 분명 좋은 보물들이 나오는 건 확실하다. 하지만 여기서 상자를 더 깐다면 정신병이 옮을 것만 같았다.

나머지는 다음에 까자. 빨리 돌아가 지갑과의 면담도 해야 하니까.

버퍼의 보물인지 나발인지를 왼손 중지에 착용하며 아이템 들을 꺼내기 시작했다.

마지막 할 일이 남았다.

'명당 밭에 온 김에 다 강화하고 가자.'

그렇게 몇 시간을 더 강화사의 무덤, 아니, 다섯 정신병자 의 무덤에서 보낸 뒤 밖으로 나왔다.

그리고.

[15강 성공 횟수: 10]

[레전더리 직업 '전설의 레전드 강화사'의 3차 각성을 완료했습 니다!]

[퀘스트를 완료했습니다.]

[레전더리 직업 '전설의 레전드 강화사'의 4차 각성을 완료했습니다!]

[강화 성공 메시지 ON/OFF 가 가능합니다.]

[강화할 수 있는 대상의 범위가 넓어집니다.]

[전설에 다가갑니다.]

[강화 성공 시 특수 옵션 추가 확률 +10%!]

[강화 성공 시 일정 확률로 강화 효과 상승 +5%!]

[강화 성공 확률 +5%!]

[강화 성공 시 진화 확률 +5%!]

SS급 퀘스트 '전설을 좇는 자'가 완료됐다.

기다렸다는 듯 몰아치는 보상의 폭풍!

동시에.

[조건을 만족합니다.]

['전설의 망치'의 봉인이 해제됩니다.]

스트레스받던 한시민의 표정이 풀렸다.

7

1주일에 거쳐 영지에 도착한 공헌이는 기대에 부풀었다.

수많은 해외 작업장과의 경쟁에서 살아남기 위해 얼마나 노력했던가. 이번에 천 골드를 팔면 그 자본을 바탕으로 보다 넓은 인프라를 구축해 한국 내에서도 더 많은 양의 골드를 수급할 수 있으리라!

단순히 많은 컴퓨터를 구입해 몇 가지 버튼만 눌러주면 되던 온라인 게임과 다르기에 가능한 이야기!

"이제 작업장들도 머리를 써야 할 시대가 왔지. 암."

싼 인건비를 바탕으로 단순 노가다를 통해 골드를 모으는 작업장도 있다.

하나 판타스틱 월드의 진입 장벽과 캡슐값을 생각해 보면 그런 식으로 장사해선 100년이 걸려도 원금 회수조차 하지 못한 채 쫄딱 망하고 만다.

공헌이는 그런 것까지 계산하고 움직이는 깨인 장사치였다.

"50골드 정도 서비스로 얹어드리고 단골로 만들어야겠어."

골드만 주고받고 땡인 관계에서 벗어나 또 하나의 세상, 판타스틱 월드에서 구축되는 하나의 인프라로 상부상조하는 사회! 그가 꿈꾸는 이상적인 골드 판매 시장이었다. 그를 위해 오늘의 거래에 혼신을 담았다.

무려 1주일이나 버려가며 여기까지 온 이유!

"시민 님을 만나러 왔습니다."

"예, 연락받았습니다. 이쪽으로 오시지요."

허름한 마을. 돼지 같은 NPC의 안내를 받아 대기하는 공헌이의 가슴이 뛰었다.

그렇게 반나절을 기다렸을 때, 한시민이 도착했다. 여섯의 흙투성이 기사와 함께.

"아이고, 늦어서 죄송합니다."

"아닙니다. 얼마 안 기다렸습니다, 하하."

1억이 넘는 금액이 걸린 거래인데 그깟 몇 시간쯤이야!

30대 초반의 사람 좋은 공헌이가 사람 좋은 미소를 지었다.

그 모습을 보며 한시민이 본격적으로 본론에 들어갔다.

"그런데 저 혹시 모르세요?"

"예?"

"목소리만으론 모르겠는데 지금 보니 딱 알겠는데, 전."

당연히 개소리다. 하나 지금 내뱉는 개소리는 추진력을 얻기 위함일 뿐!

"이거 기억 안 나세요?"

한시민의 품에서 진홍빛 단검이 꺼내졌다.

잠시 생각에 빠진 공헌이.

그리고.

"아! 혹시 판월에 올라왔던 14강 단검……."

"네! 맞아요."

"와, 설마 본인이실 줄이야. 이거 정말 영광입니다. 제가 그때 베스트 댓글 됐던 사람인데 이런 우연이! 하하!"

"그러게요. 이런 우연이 다 있네."

반가워하는 공헌이와 굳어 가는 한시민의 표정!

"그때 전 재산 걸었던 그분이 골드 판매자셨다니. 이거 참우연이지 않나요? 아니, 행운이라고 해야 하나?"

공헌이의 손이 슬쩍 꺼내 두었던 가죽 주머니로 향했다.

"어허, 동작 그만."

"……."

한시민의 손은 눈보다 빠르지 않지만 공헌이보단 빨랐다.

가죽 주머니를 두고 대치하는 손!

"아, 아하하. 농담으로 단 댓글이었는데 설마 진지하게 받아들이시는 건 아니시죠?"

"매우 진지합니다만."

한시민도 양심은 있다. 어그로 끌기 위해 단 댓글임도 알고, 여기서 이런다고 공식 거래 중개 사이트를 통해 거래 중인 물품을 순순히 내줄 리 없다는 것도 안다.

정말 준다면 그건 그 사람의 정신 상태를 의심해 봐야 하니까. 무려 1억 1천만 원어치의 골드다.

"일단 거래부터 하시죠. 하하. 제가 서비스 많이 챙겨 왔습니다."

"흠."

조금이라도 더 뜯어내기 위한 퍼포먼스! 단검을 이리저리 흔들며 위협한다.

"5, 50골드나 챙겨 왔으니 단검은 넣고 이야기하시죠."

"유저가 죽으면 일정 확률로 골드도 떨어진다던데……."

"……사장님."

"에이, 농담이죠. 진짜 죽이기야 하겠어요? 저도 나름 판월 골드 등급인데."

거래 신청해 놓고 골드를 강탈하는 일 역시 현실감 넘치는 판타스틱 월드에선 비일비재하다.

당연히 게임사 측에서 막아주어야 하지만 게임 내 일은 베타고의 주관!

법적 대응이나 계정 압류는 가능하지만 골드 회수는 불가능하다.

하나 그런 식이라면 개나 소나 아이템 맞춰서 작업장 골드를 털 게 분명하기에 베타고는 대응 방안을 만들어주었다.

증거를 제출하면 거래 중개 사이트의 거래를 강제 인수한다. 동시에 판월 계정과 관련된 모든 게 영구 정지.

정신이 제대로 박힌 자라면 돈 몇 푼에 그런 짓을 벌일 리가 없다.

"역시! 하하. 많이 챙겨드렸으니 노여움 푸시죠. 여기 1,050 골드입니다."

"네, 아. 그런데 생각할수록 화가 나서. 거래는 취소하는 게 좋을 것 같네요."

"……예?"

"뭐 강탈이라든가 그런 비매너 행위까진 하고 싶지 않은데 아무래도 제 글을 가지고 장난치신 분하고 거래한다는 건 조금……."

"아니, 사장님!"

하나 방법이란 언제나 마련하면 되는 것! 편법은 어디든 존재한다.

그걸 알기에 공헌이도 다급해졌다.

"거래 취소 좀 해주세요. 돌아가시는 길 여비는 넉넉히 드리겠습니다."

"아닙니다! 다시 한번만 생각을……."

"아뇨, 제 마음은 이제 완전히 돌아섰습니다. 그때 제가 얼마나 마음의 상처를 입었는지 생각하면 당장에라도 죽이고 싶지만……."

비운의 여주인공 빙의! 그러면서 자비까지 넘치는 척 가죽 주머니를 꺼내 10골드를 건넨다.

"여기, 이거 가지고 가세요."

"⋯⋯."

평소 한시민의 성격을 아는 이라면 경악할 상황! 하지만 무슨 전개인지 알고 있는 공헌이는 손을 뗄 수밖에 없었다.

"죄, 죄송합니다. 사장님!"

명분은 저쪽에 있다. 이유 없는 취소는 안 해주지만 한시민이 대는 이유는 충분히 먹힐 만하다. 먹고 째는 것도 아니고 단순히 취소일 뿐이니까.

다만 취소된 이후의 상황은 지옥일 것이다. 원래 있던 곳까지 돌아가려면 7일이나 걸리고 당장 이곳은 일가친척 하나 없는 황무지 아닌가!

거래가 취소되자마자 한시민이 태도를 바꾼다면 찍소리도 못하고 죽을 수밖에 없다.

"제발 한 번만 용서해 주십시오!"

"아뇨, 취소해 주기 싫으시다면 제가 직접 취소 요청하겠습니다."

"아이고, 사장님. 제가 어떻게 하면 봐주시겠습니까?"

비굴하게 나오자 한시민이 그제야 회심의 미소를 지었다.

역시 어떤 게임이든 아는 게 힘! 시작부터 이런저런 정보를 긁어모았고 어떤 꼼수를 부려야 이득을 잘 취할 수 있을까에 대한 고민은 오늘을 위한 것이었구나!

교묘한 꼼수부터 불법까지. 오만가지 계획을 짠 보람이 느껴진다.

"그럼 뭐 굳이 그러시겠다면."

"네, 말씀만 하십쇼!"

"피해보상 금액이랑 제가 입은 손해들 다 합쳐서 100골드 정도면……."

"……손해요?"

"아니, 뭐, 싫으면 마시고요."

"아닙니다! 드리겠습니다!"

이런 젠장! 얄미운 새끼.

눈앞에서 500만 원을 뜯기게 생긴 공헌이가 인상을 찌푸렸지만 이내 1,100 골드를 꺼낼 수밖에 없었다.

아무리 확률이라지만 들고 있는 아이템들 중 결정되기에 맨몸에 골드만 잔뜩 들고 온 공헌이로서는 죽으면 무조건 골드를 드랍할 수밖에 없다.

차라리 몇 푼 더 쓰더라도 지금의 상황을 넘기는 게 훨씬 이득!

'에이, 젠장. 일진이 더럽네.'

건네는 손이 부들부들 떨렸다.

하필 하고 많은 손님 중에 이런 놈이 걸려서.

된통 바가지 쓴 기분이었지만 어쩌겠나.

주머니를 건네받은 한시민이 하나하나 꼼꼼히 액수를 확인하고 만족스러운 미소를 지었다. 다른 사람들이 본다면 양아치라 손가락질해도 이상하지 않을 짓이었지만.

뭐, 어때! 찔리는 게 있으니 줬겠지.

게다가 다 뜯어낸 것도 아니고 원래 서비스로 주려 했던 50골드에서 50골드만 더 받았을 뿐이다. 숫자가 작아 그렇지 현금으로 바꾸면 500만 원이라는 게 아주 작은 함정이지만.

"아! 그리고……."

"또요?"

"아뇨, 혹시 투자하실 생각 없나 해서요."

"……투자?"

거래 완료한 한시민이 이번엔 영업용 미소를 지었다.

2주 후, 35레벨을 달성한 스페셜리스트의 시름은 점차 깊어져만 갔다.

"으아아악! 언제 50레벨 찍어!"

"……."

"말릴 힘도 없다."

지옥도 이런 지옥이 없다.

사냥, 사냥, 사냥.

현실감 넘치는 판타스틱 월드에 즐길 콘텐츠는 무궁무진하지만 레벨만 보고 하루라도 빨리 메인 퀘스트 2막을 바라보는 유저들에겐 아무런 쓸모가 없는 콘텐츠들이다.

그런 것들은 나중에, 만렙을 찍고 즐겨도 충분하다 생각하기에 당연한 인내!

"순위마저 떨어지고 있어."

"곧 30위네."

"설아야, 계속 이렇게 사냥할 거야?"

물론 30위도 엄청난 거긴 하다.

1,000위 안의 유저들은 하루 24시간 중 4시간 이상 취침하지 않고 레벨 업에만 몰두하고 있다.

그런 자들 사이에서 고작 셋이서 사냥을 해 랭킹을 유지하고 있다는 건 스페셜리스트의 컨트롤과 템이 뛰어나다는 것을 증명하는 지표였다.

다만 문제는 본인들이 만족할 수 없다는 것이다.

이 정도의 시간과 돈을 투자했으면 1등이어야 한다.

정설아는 그렇게 생각했다. 해서 쌓이는 스트레스가 이만저만이 아니었다.

과연 전 세계인이 즐기는 게임!

"시민 오빠는 연락 안 돼?"

"1주일 전에 출발한다고 하셔서 그 뒤로는 안 해봤어."

"아오! 답답해."

빨리 반지의 효과를 보고 싶다. 동시에 걱정도 됐다.

"근데 생각만큼 효과가 없으면 어쩌지?"

"……60% 추가 경험치면 분명 효과가 있을 거야."

너무 큰 기대하는 건 아닌가 싶어서.

그도 그럴 것이 잠깐이라기엔 상당한 시간이 지났다.

원래 기대는 쌓이면 쌓일수록 실망도 큰 법. 별 기대 않고 겪었으면 엄청난 효과를 발휘했을 경험치 보너스라도 막상 상상 속에서 커지고 커지다 보면 실제로 그만큼의 느낌을 받지 못할 수도 있다.

"조금 올린다 해도 1위를 노릴 수 있을까?"

"……."

게다가 이 부분은 정설아마저 확신할 수 없다.

레벨 랭킹 1위.

현재 35인 그들보다 무려 2나 높고 10위대 유저들보다 1 높은 압도적인 선두.

레벨 업 하나를 하는 데 3~4일이 걸린다는 걸 생각해 보면 확실히 남다른 방법을 가지고 있다 생각할 수밖에 없다. 혹은 돈을 그만큼 쓰거나.

"우리도 사람들 모아서 경험치 몰빵 받을까?"

"너무 지출이 커. 그럴 돈이면 차라리 아이템 사거나 강화하는 게 나아."

그저 추정일 뿐인 랭킹 1위의 사냥 방식.

따라 하고자 한다면 누구라도 할 수 있지만 동시에 누구도 따라 할 수 없다. 돈지랄이라 부러워할 틈도 없을 만큼 엄청난 과소비니까.

"시민 오빠가 갑자기 게임 접을 리도 없고. 돈이라면 가장 먼저 올 텐데 무슨 일이지?"

"곧 오시겠지. 1주일 정도 걸린다고 했어."

"으아~ 지겨워, 지겨워. 변화가 필요해!"

심지어 사냥터마저 변하지 않은 상황이기에 강예슬의 투덜거림은 충분히 이해할 수 있었다.

무려 2주가 넘는 시간 동안 한 자리에서 사냥했다. 그것도 직접 몸을 움직이며 하는 사냥을!

3일만 같은 반찬을 먹어도 질리는 마당에 이건 거의 고문 수준이다.

"저깁니다!"

"……?"

그런 강예슬의 기도를 하늘이 들은 것일까. 그들의 사냥에 변화가 생겼다.

사방에서 몰려드는 유저들.

정설아와 정현수의 시선이 곧바로 그녀에게 향했다.

'너 뭐 잘못했어?'

따가운 눈빛!

강예슬이 강하게 부인했다.

"뭐! 뭐! 나 아냐! 2주 동안 여기서 힐만 하고 쇠약만 걸었는데 왜 날 봐!"

"아니면 말고."

"그런 무책임한 말이 어디 있어! 저 유저들 딱 봐도 우리 쪽에 원한 있는 거 같은데. 아니면 말고라니! 그러다 죽으면 어떻게 하려고 그래? 아니지. 이거 오빠한테 원한 갖고 오는 거 아냐?"

"난 아냐."

"아니긴! 오빠 얼굴이면 지나가던 사람한테 인상 한 번만 써도 속으로 칼을 갈 텐데."

"한 대 맞아볼래?"

"흥!"

원인을 모르는 적의.

일단 도망치는 게 상책이지만, 상대는 아주 작정을 했는지 도망칠 틈조차 주지 않았다.

사방에서 모여드는 백이 넘는 숫자에 스페셜리스트 멤버들은 허탈한 웃음만 나왔다.

뭐지?

그간 반복된 사냥으로 둔해졌던 정설아의 뇌가 활동하며 하나의 정보를 토해냈다.

"아."

"왜? 뭐야?"

"2주 전에 여기 길드 하나 박살 냈잖아."

"……아!"

"이런."

부활할 시간이 지났음에도 잠잠하기에 별생각 않고 지냈는데.

경계해야 할 일이지만 워낙 존재감 없이 100명 가까이 되는 길드가 박살 났기에 생각지 않은 것도 있다.

"허."

그런 오합지졸들이 무려 2주나 기다렸다 이렇게 쳐들어오다니.

"저놈들입니다!"

"맞습니다!"

"네놈들! 감히 우리 실드를 건드리고 무사할 줄 알았지? 뒤졌다. 너흰 게임 접을 때까지 우리 실드한테 척살령이다!"

저렇게 오글거리는 멘트까지!

견디지 못한 채 강예슬이 앞으로 나섰다.

"년이거든! 그리고 셋한테 백 명이 박살 난 주제에 말이 많네!"

"뭐? 뭐라!"

돈을 잔뜩 풀었는지 스페셜리스트에게 죽었던 이들보다 많아 보이는 유저 수. 확실히 스페셜리스트의 장점을 살리기 불리한 구조다. 2주 전 전쟁을 치를 때도 이런 상황만 아니면 지지 않는다 생각했고.

더욱이 실드 길드는 더 착실하게 준비해 왔을 것이다. 원래 사람은 복수를 위해서라면 손해도 얼마든 감수하니까.

그럼에도 당당했다.

"너희 같은 듣보잡 길드한테 척살당해 1레벨 되는 개망신 당하면 내가 너희들 다 모인 데서 옷 벗고 개처럼 짖는다!"

죽을 때 죽더라도 넘치는 패기!

게임이기에 가능한 일이지만 순간 100이 넘는 유저들이 움찔했다.

뭐 믿고 있는 거 아냐?

그런 그녀의 분위기를 정현수가 깼다.

"아, 맞다. 예슬이 너 벌칙 언제 수행할 거야."

"……오빠, 낄 때 좀 안 낄 때 구분 좀 해줄래?"

"낄 때 끼긴. 설아 너도 어차피 걸린 거 빨리 예슬이 데리고 하고 와. 오빠 말 안 듣더니 쌤통이다."

"아니, 여기서 그 말이 대체 왜 나와! 잘 잊고 살고 있었는데."

"쯧쯧, 시민이한테 말하기 전에 먼저 하는 게 덜 쪽팔릴 거다."

아웅다웅하는 셋!

내분 덕에 실드 길드는 분위기를 되찾았다.

"죽여!"

"예쁘다고 봐주지 말자! 그런다고 저런 여자가 우리랑 만나 줄 리 없다!"

"힐러부터 짤라!"

미녀보다 캐릭터의 죽음을 상기하며 달려드는 유저들의 기세는 파도 같았다.

도저히 이길 구멍이라곤 찾아볼 수가 없는 상황!

"에휴, 랭킹 또 떨어지겠네."

"지루했는데 잘됐네. 쟁이나 하면서 여유 좀 찾자."

"······죽일 때까진 죽이자."

셋의 푸념과.

"예? 저한테 뭘 해요?"

더해지는 한마디.

"······?"

"······?"

전투 준비하는 셋의 시선이 사방으로 흩어졌다.

뭐지? 잘못 들었나?

"잠깐! 동작 그만! 움직이는 새끼는 48시간 동안 방구석에서 머리 박고 뭘 잘못 했나 반성의 시간 갖는다!"

하는 순간 저 멀리서 한시민이 나타났다. 여전히 찬란한 진홍빛 오라를 흩날리며.

Episode 12.
헌신적인 시민상 줘야 돼 이건

1

"……언니, 이거 어디서 본 장면 같지 않아?"

"메인 퀘스트 1막 때 본 거 같기도 하고……."

"그게 벌써 한 달이 넘었네."

"그러게."

"그때하고 비교하면 우리도 참 많이 큰 거 같아. 그땐 좆 됐다고 한숨 쉬었었는데."

"그때야 죽으면 안 되는 순간이었으니까."

"잡담할 때가 아닌 거 같은데."

당당한 등장! 그리고 위엄!

한시민의 외침에 분위기는 한층 더 가라앉았다.

"한 명이 더 있었군!"

"다 같이 쓸어버리자!"

"우와아아!"

하나 두려움이나 공포 따위는 없었다.

한시민의 진홍빛 오라는 분명 위협적이고 누가 봐도 대단하다 느껴지지만, 딱 거기까지.

2천만을 향해 달려가는 판타스틱 월드에서 자주 등장하는 '시민'의 이름만 알 뿐 그게 눈앞의 한시민임을 아는 이는 얼마 없다. 게다가 15강 아이템을 낀다고 막 강해진다 생각하는 이도 별로 없고.

현실감이 너무 넘치는 게임의 부작용! 거기에 실드 길드는 현재 150명 가까이 되는 인원을 모아오지 않았던가!

"저 새끼부터 죽이자!"

"건방진 새끼!"

해서 도발은 오히려 그들에게 기름을 부어준 격이 되었다.

스페셜리스트에게 달려가던 150명이 방향을 틀어 한시민에게 향한다.

"……뭐야, 이 분위기는."

예상했던 그림 대신 칼빵이 날아오는 상황에 당황할 수밖에.

옛날 생각도 나고, 오랜만에 보는 예쁜 정설아의 얼굴에 마음속으로 피어오르는 행복이랄까, 뭐 그런 것에 홀려 저도 모르게 패기를 부려봤는데 이건 뭐.

"딱히 싸우고 싶진 않았는데……."

"닥쳐!"

"죽어!"

말이 150명이고 소설 속에서나 주인공이 혼자 천 단위쯤은 씹어 먹는 걸 하도 당연하게 봐서 그렇지, 막상 홀로 150의 분노를 감당하게 되면 사람은 절로 어깨가 움츠러들게 마련이다.

셋만 모여도 유리창이 깨지는 시대 아닌가!

"어맛, 무서워라."

두려움에 떨며 한시민이 단검을 꺼냈다. 동시에 물러서지 않고 그들 틈으로 파고든다.

방어구를 믿고 뛰어들었지만 긴장되는 건 마찬가지.

메인 퀘스트 1막 마지막에 만났던 유저들과는 한 달이 넘는 시간 차이가 있다.

그동안 레벨도 많이 올렸을 테고 장비도 한층 업그레이드 됐겠지. 그에 반해 한시민은…….

'나도 많이 업그레이드됐네?'

엥? 방어구를 15강으로 다 맞췄고 이것저것 쓸 만한 아이템들마저 15강을 했지, 참.

생각해 보니 그의 스펙 업이 컸으면 컸지 이들이 더 크진 않으리라.

긴장은 자신감으로 변했다.

이길 수 있다. 100이고 150이고 처맞는 것보다 빠르게 채워 나가며 찌르면 이기겠지!

근거 없는 자신감!

휘두르는 단검.

푹!

"억!"

한 번의 공격에 한 명이 고통 섞인 신음을 내뱉는다. 아프리 없지만 깎여 나가는 체력에 죽음의 공포가 순간 몰려왔기 때문!

하나 죽진 않았다. 15강 단검은 공격력도 높고 한시민의 스탯을 더하면 30레벨대의 유저들이 감당하기 어렵지만, 이들 역시 놀면서 게임을 한 건 아니기에 한 번은 버틸 틈이 나오는 것!

인상이 절로 찌푸려졌다.

한 방이 나오지 않으면 곤란하다.

일대일 전투면 한 번 찌르고 두 번 찌르고 죽을 때까지 충분히 찌를 수 있지만, 지금은 한 사람에게 두 번 이상의 공격을 넣을 여유가 없다.

제아무리 방어력이 높다 한들 개미들의 집중 공격을 받다 보면 언젠간 뚫릴 테니까!

나름 피해가며 싸워야 한다.

'곤란한데.'

게다가 한 방에 죽지 않으면 뒤에 대기하는 힐러들이 힐까지 줘서 금방 회복한다.

생각했던 것보다 다수와의 싸움에 곤란함이 느껴지자 시선이 절로 스페셜리스트에게 향했다.

"아니, 왜 볼 때마다 어디랑 싸우고 있어요?"

"……그게 우리가 싸우자고 한 게 아니라."

"현수 형님! 성형 좀 하셔야 하는 거 아닙니까?"

"뭐? 야, 비켜. 뒤졌어."

"오빠! 진정해. 가만둬도 시민 오빠 죽을 것 같은데 오빠까지 껴서 뭐하게."

"시끄러. 내가 저놈 죽이고 죽는다."

혼란스러운 와중 방패를 들고 참전하는 정현수. 그리고 마지못해 뒤따르는 듯한 강예슬과 정설아.

누가 봐도 놀림에 발끈하는 유저의 모습!

게임이기에 가능한 일이다. 그렇기에 실드 길드는 신경 쓰지 않았다.

어차피 저 셋은 한시민을 죽이고 상대해도 늦지 않다. 생각보다 쉽게 죽지 않는 한시민에게 당장 화력 집중하는 게 급

선무!

　끝없는 자신감은 그들로 하여금 불과 얼마 전 게릴라로 전멸을 당했단 사실을 잊게 했다. 어쩌면 그때의 부끄러움을 잊고 싶었는지도 모른다.

　하나 그건 오만이자 만용!

　실드 길드 사이로 파고들며 한시민에게 향하는 척하던 정설아가 돌연 검을 휘둘렀다.

　"아이스 웨이브."

　파파파팟!

　솟구치는 마검사의 얼음들!

　방심하던 후방의 유저들에게 피할 방법 따윈 존재하지 않았다.

　"뭐야!"

　"후방! 힐러랑 마법사들이 공격받습니다!"

　"호위는? 방어해!"

　"막고 있습니다만 너무 강합니다!"

　한편임을 알았을 때 예상했어야 한다.

　그저 남의 일처럼 관망하는 셋에게 속은 게 지금의 사태를 부른 원인!

　그와 함께 한시민의 입가에 웃음이 걸렸다.

　"좋아. 힐러, 마법사 다 죽여 버려!"

물론 힐이 들어오지 않아도 공격력이 부족하다는 점은 변하지 않는 사실. 보다 근본적인 해결책이 필요하다.

"후후후."

이걸 꺼낼 때가 왔군.

한시민이 단검을 허리춤에 꽂았다. 전쟁터 한가운데서임을 생각해 보면 미친 짓!

하지만.

"너희 다 뒤졌다, 이제."

단검 대신 손에 쥐어지는, 화려하기 그지없는 망치는 한시민 입가의 웃음을 한층 더 짙게 만들어주었다.

비밀 병기의 등장!

후웅-

휘두르는 소리부터 다른 망치는 너무나도 빠르고 경쾌하게 근처 유저의 몸을 두드렸다. 아주 가볍게.

그러나 결과는 가볍지 않았다.

퍽!

비명조차 내지 못한 유저가 유품 하나를 떨군 채 방구석으로 로그아웃당한다.

"······."

"······."

순간, 150명이 넘는 유저들 사이로 약속이라도 한 듯 침묵이 내려앉았다. 그런 그들의 머릿속엔 단 한 가지 생각뿐이었다.

'탱커가 한 방에 죽었다.'

'미친. 우리 길드에서 제일 방어력 높은 탱커잖아.'

'대체 스탯이 얼마…… 아니, 저 망치는 뭐야?'

진홍빛 오라의 무더기에서 유일하게 황금빛 오라를 빛내고 있는 망치. 고작이라 표현하기 좀 그렇지만 이게 13강에서 나올 수 있는 공격력이란 말인가.

"다 드루와. 강화사의 참맛을 보여줄 테니까."

실드 길드는 침묵을 오래 유지할 수 없었다.

여긴 만화도 아니고 소설도 아니다. 맞다 해도 그들은 주인공이 아니다.

매너 따윈 개똥으로 말아먹은 스페셜리스트와 한시민이 앞뒤로 휘몰아치기 시작했다.

"……미친."

"이거 뱉붕이잖아……."

유저들이 전투 의욕을 잃기 시작했다.

한시민은 결코 손해 보는 장사를 하지 않는다. 아무리 같은 길드라 해도 제 목숨이 걸려 있으면 언제든 모르는 척할 준비가 되어 있는 남자, 한시민!

그런 그가 엄청난 숫자의 유저를 보고 망설이지 않고 뛰어들 수 있었던 이유.

[+13 전설의 망치]

* 등급: Legendary

* 착용 제한: 전설의 레전드 강화사

* 공격력: 50(+200)(1차 봉인 해제)

* 옵션 1: 강화 확률 상승 +1%(+4%)(1차 봉인 해제)

* 옵션 2: 공격력+30(+120)(1차 봉인 해제)

* 옵션 3: 강화 성공 시 일정 확률로 강화 효과 상승 +5%(+20%)
  (1차 봉인 해제)

* 옵션 4: '짙은 황금 오라' 효과 적용
  −강화 시 마나 소모 감소 −30%
  −방어력 +100

* 특수 옵션 1: 봉인

* 특수 옵션 2: 봉인

공격력만 봐도 단검과 비교가 되지 않는다. 특히 12강부터 옵션에 따른 강화 효과 상승폭이 높은 점 때문에 그 효과는 배가됐다.

나름 열심히 레벨 업하고 방어구도 탄탄하게 맞춘 탱커가 한 방에 녹아버린 이유!

강화가 답이라는 사실을 다시 한번 확실히 어필하는 상황.

게다가 스탯마저 평범한 유저들과 비교할 수 없다.

아껴두었던 스탯들을 골고루 힘과 민첩, 체력에 투자한 상황에서 뭐가 두렵겠는가.

아쉬운 점이 있다면 짧은 시간이나마 황실 기사단들에게 축복의 반지 효과를 주었을 때 그들의 주인이 아니라서 경험치를 먹지 못했던 거랄까.

그랬다면 지금쯤 21레벨이 아니라 30레벨, 아니, 35레벨은 찍고 레벨 경쟁에 돌입했을 텐데.

"후."

어찌 됐든 압도적인 힘과 실력으로 실드 길드는 또 한 번의 패배를 맛봐야 했다.

한시민의 어마어마한 방어력에 꽂히는 실드 길드의 공격들은 매서웠다.

하지만 오라에 붙은 체력 회복 효과와 30초에 한 번씩 사용하는 레전더리 힐, 그리고 가끔 강예슬의 치유까지 받는 한시민의 방패를 결국 뚫지 못했다. 게다가 망치로 머리통에 날리면 한 방에 유저들이 죽어 나가니 딜은 점점 더 줄 수밖에 없었고. 실드 길드 측 힐러와 마법사가 격파된 게 결정타였다.

"수고하셨어요."

"뭘요. 같은 길드인데 돕고 살아야지."

전투가 끝나고 모인 자리에서 생색까지 내주는 센스!

오랜만에 보는 모습에 분위기가 훈훈해졌다.

"그런데 아까 벌칙은 무슨 말이에요?"

이 말이 나오기 전까진.

"……."

"현수 오빠, 말하지 마. 진짜 가만히 안 있을 거야."

"뭔데요?"

뭔데 저렇게 호들갑이지? 그것도 정설아까지. 얼핏 듣기론 벌칙이라는데.

쓸데없는 잔머리가 이럴 때 돌아가기 시작했다.

'벌칙이라면 일단 내기 같은 거일 텐데, 하지 않는다는 말은 없었으니 하긴 할 거란 뜻인데?'

뭘까.

아무리 생각해도 마땅한 게 떠오르지 않는다 해서 인상을 찌푸렸다.

"어쨌든 저한테 뭘 한다는 거죠?"

"그러니까 설아랑 예슬이가 너희 집에 가서 옷을…… 읍읍!"

"옷을 뭐요?"

"읍읍읍!"

힌트를 주는 정현수!

금방 막혔지만 이 정도면 많은 편이지.

"옷을 벗겨주나요?"

"아냐, 오빠. 그냥 잊어. 우리끼리 장난친 거야."

"아, 뭔데. 궁금해지잖아."

대체 뭐기에 정설아까지 저토록 안절부절못하지?

결코 쉬운 벌칙은 아니라는 걸 알아챘다. 초면에 자자는 강예슬이 당황할 정도이니.

"벌칙이 뭐든 간에 하기 싫은 거야?"

"응."

"그럼 돈으로 줘."

"……?"

해서 해결책을 제시했다.

무엇인지 알 바는 아니고 하기 싫다면 돈으로 때워도 좋다!

명쾌한 해답에 세 시선이 그에게 향했다.

"지독하다, 지독해."

"돈 준다 하면 영혼도 팔 놈."

"왜! 뭐! 그게 어때서!"

다 잘 먹고 잘살자고 하는 짓인데.

어깨를 으쓱이며 왼손을 펼쳐 보인다. 벌칙이고 뭐고 하면 하는 거고 아니면 마는 거고. 그보단 하던 일을 급히 마무리

짓고 여기까지 온 목적이 더 중요했다.

"자, 사냥 가시죠."

"아, 맞다!"

그제야 자신들이 한시민을 애타게 찾은 걸 기억해 낸 스페셜리스트!

눈빛이 변했다.

기대! 희망! 메인 퀘스트 1막을 클리어했을 때처럼 다시 치고 나갈 수 있을까!

"보여줘, 보여줘. 반지 옵션 다시 보여줘."

달라붙으며 애교부리는 강예슬을 단호하게 쳐 내며 반지를 낀 손을 내뻗는다.

[+15 헌신하는 축복의 반지]

* 등급: Special Epic Legendary

* 착용 레벨: 1

* 옵션 1: 획득 경험치 +30%(+30%)

* 옵션 2: '짙은 붉은 오라' 효과 적용

　－'레어' 등급 이상 아이템 드롭 확률 +20%

　－레벨 차이 10 이상 몬스터 처치 시 추가 경험치 +5%

　－스페셜 오라 적용 대상당 경험치 보너스 +1%(최대 20)

* 특수 옵션 1: 네임드 몬스터 처치 시 추가 경험치 +50%(+50%)

* 특수 옵션 2: '헌신하는' 스페셜 오라 효과 적용

  −아이템의 모든 옵션이 반경 10m 이내의 대상들에게 적용됨

  −단, 착용자는 아이템의 효과를 볼 수 없음
* 스페셜 옵션 1: 내구도 무한, 파괴 불가
* 스페셜 옵션 2: 귀속 각인(시민) 효과 적용으로 사망 시 드랍되

  지 않음

언제 봐도 헉 소리가 나오는 옵션!

[+11 버프 더 버프]
* 등급: Legendary
* 옵션 1: 모든 버프 효과 +100%(+20%)
* 스페셜 옵션 1: 내구도 무한, 파괴 불가
* 스페셜 옵션 2: 귀속 각인(시민) 효과 적용으로 사망 시 드랍되

  지 않음

거기에 더해지는 전설의 버퍼의 보물! 자기 제자에게 가길 원했지만 엉뚱한 놈에게서 2,000% 효용을 내뱉는 사실을 알게 된다면 무덤에서 피를 토할 조합!

입이 떡 벌어진 셋을 보며 외쳤다.

"자, 임금 협상을 해봅시다."

2

"……저게 뭐야. 무서워."

"60%에 2배 적용되는 건가?"

"정확히 몇 퍼센트예요, 시민 씨?"

패기 넘치는 알바생의 말에도 개의치 않고 점주들은 질문을 해왔다. 이미 '이건 꼭 사야 해!'라는 눈빛을 마구 보내고 있었기에 취직 걱정은 않아도 될 듯했다.

"후후, 이미 푹 빠져 버리셨군."

"와, 옵션이 미쳤다. 미쳤어."

"이거면 정말 다른 방법 안 찾고 사냥만 해도 되겠는데?"

"진짜 대박이네요. 버프 더 버프는 어디서 구하신 거예요? 축복의 반지를 위한 아이템 같은데."

'아, 그거요? 웬 정신병자가 저 엿 먹으라고 준비해 둔 건데요'라고 말하면 몸값 깎일 것 같아 넣어두었다.

임금 협상! 지금부턴 아주 중요한 이야기가 오갈 예정이니.

"잠시 계산 좀 해보고요."

축복의 반지 활용법에 대한 합의는 지난 술자리에서 마쳤지만 이용 요금에 대한 이야기는 나중에 하기로 했었다. 혹시 모를 상황이 있을지 모르니까.

실은 좀 더 생각해 보고 결정하려 했지만 버프 더 버프라는 아이템 덕에 나름 설계가 되어버렸다.

"음."

자신의 가치를 매기기 위해선 자기가 얼마나 대단한 사람인지 알아야 한다. 해서 아직 한 번도 정확히 계산해 보지 않은 경험치 보너스를 합산했다.

마음 같아선 그에게 단 1%도 오지 않는 보너스 따위 생각하고 싶지도 않았지만.

'기본 옵션 60%에 오라 적용 대상당 보너스가 1%니까 3% 추가. 10 이상의 몬스터 처치한다고 가정하면 5% 추가되고, 레전더리 등급 아이템 효과 10% 추가되는 것까지 합치면…….'

68%에 7% 추가해 75%.

거기에 버프 더 버프가 120% 증가시켜 주니 무려 165%의 보너스 경험치가 적용된다.

경험치 10을 먹으면 16이 추가로 들어오는 마법! 배보다 배꼽이 더 큰 사냥을 가능케 만들어주는 축복의 반지의 무서움!

"……."

계산을 마친 한시민이 허망한 표정으로 셋을 보았다.

역시 계산하지 말 걸 그랬다. 이런 사기적인 효과를 나만 빼고 받는다니!

게다가 165%의 추가 경험치만 해도 와 소리가 나오는데 필요 경험치 +550%는 얼마나 토가 나올 정도의 경지일까.

이제는 아예 사냥할 엄두조차 나지 않는다. 전설의 망치 2차 봉인은 50레벨이 되어야 풀리지만 거의 포기했을 정도.

어쩌면 어찌어찌 50 정도는 찍을 수 있을지도 모른다.

한데 100은? 150은?

이런 사기 아이템을 들고 봉인을 풀지 못해 그 효과를 최대로 누리지 못하다니!

천추의 한일 뿐이다.

평소였으면 어떻게든 1년 내내 밤을 새워서라도 레벨 올릴 생각을 했겠지만, 550%는 도저히 인간이 할 수 있는 수준이 아니다.

그나마 방법이 있다면 황실 기사단, 혹은 고렙 NPC들을 그의 영지로 끌어들여 쩔 받는 것뿐.

그 역시 일단 상거지 수준의 영지를 일으켜야 가능한 일일 테니 현재로선 답이 없는 것이나 마찬가지다.

"하아."

현실을 직시하자, 시민아.

"총 165%네요."

"……!"

"와."

"바로 사냥 가자, 오빠."

주변 사람들이 행복할수록 본인은 불행해지는 아이템!

"임금은 시급으로 받고 시간당 30만 원."

"……!"

그렇기에 내지르는 당찬 포부!

세 사람의 입가에 미소가 사라졌지만 반박하지는 않았다. 묘하게 납득이 되는 금액이기에.

"비싸긴 한데……."

"165%면."

"하루 20시간 사냥하면 달에 1억 8천이야."

"대신, 치고 나갈 수 있어."

"어떻게 하지?"

대화가 끝나길 차분히 기다렸다.

대충 내뱉은 금액 같지만 돌아오는 내내 고민하고 결정한 값이었다.

끝없이 성장하는 판타스틱 월드의 가치, 높아지는 유저들의 레벨, 현 상황에서 유니크 등급 아이템의 가격과 유저들이 레벨 때문에 받는 스트레스까지.

말대로 20시간 기준 한 달에 1억 8천만 원이지만 분명한 건 판타스틱 월드는 상위 0.01%가 얻어갈 수익이 그보다 많다는 점!

그 어중간한 지점을 공략하는 게 중요하다.

다행히 대화가 길어지는 걸 보니 나쁘지 않은 금액 선택인 듯했다.

"좋아요. 부담되긴 하지만 우리에게 항상 우선권을 준다면 충분히 지불할 의향이 있어요."

한참의 대화 끝에 정설아가 고개를 끄덕였다. 길드원 간의 정이 아닌 냉철한 판단 끝에 나온 결론!

"당연하죠. 저야 스페셜리스트가 강해지면 좋으니까."

한시민도 흔쾌히 받아들였다.

세상에 어디 이런 훌륭한 호갱 길드가 있단 말인가. 게다가 떡잎부터 잘될 유저들이다. 계속 써준다면야 얼마든 환영이지.

악수와 함께 계약이 채결됐다.

"계약서는 현실에서 작성해요."

"네, 연락 주세요."

게임에서의 일이지만 억 단위의 돈이 오가는 일에 계약서는 필수!

마무리까지 꼼꼼히 한 한시민이 짐을 챙겼다.

이미 필요한 식료품은 챙긴 상황. 사냥만 가면 된다.

그리고 그건 스페셜리스트도 마찬가지!

설렘 가득한 걸음이 새로운 사냥터로 향했다. 뭐든 할 수 있을 것 같고 뒤처진 레벨도 뒤집을 수 있을 것만 같은 기분!

"아참! 당연하지만 혹시라도 오해가 있으실까 봐. 비용은 개인당인 거 아시죠?"

"……"

"……."

그걸 깨버린 한시민에게 원망의 눈빛들이 쏟아졌다.

재벌 2세에게도 억 단위의 돈은 사용하기 부담스럽다. 정확히 따지면 부자는 그들이 아니라 부모님이고 이것저것 받은 재산이 많다 한들 한계가 있으니까. 얼핏 보면 한시민의 제안을 쉽게 받아들인 듯했지만 그들은 나름대로 만반의 준비를 마친 상태였다.

투자한 만큼 뽑아낸다.

특히 비싼 돈을 주고 축복의 반지를 산 게 아니기에 더욱 비장했다. 시간제 캐시나 다름없으니까. 나중에 뽑아낼 수도 없다. 온전히 소모되는 비용!

"여기예요."

"몇 레벨 몬스터들이에요?"

"45요. 일부러 조금 높은 레벨로 맞췄어요."

결연한 눈빛의 정설아가 파티를 신청하며 브리핑했다.

효율을 생각하면 좋은 선택은 아니지만 조금 힘들게 잡는 만큼 추가되는 경험치의 양은 훨씬 더 클 것이다. 몬스터도 체력과 방어력이 낮은 편이고.

"사냥 시작하면 타이머 돌릴게요. 휴식 시간도 다 포함이고, 종료 시간이 되면 시간 단위 넘은 것만 받고 나머진 다음으로 넘길게요."

"네."

전투 준비를 마친 셋을 보며 한시민도 정확하게 규칙을 설명했다. 그 역시 비싼 돈을 날로 처먹을 생각 따윈 조금도 없다.

받은 만큼 한다!

망치를 꺼내 드는 모습을 보니 기대가 서린다.

"오빠, 같이 사냥해 주게?"

"내가? 왜?"

"아니, 같이 사냥해 주는 서비스 없어? 우리 정도면 VVIP 고객이잖아."

"그건 그렇지. 생각해 보니 괜찮네? 사냥하는 거 구경하면 심심하기나 하지. 내 아이템이면 45레벨 몬스터들 따위 금방 박살 낼 수 있으니 좋고."

"그치, 그치. 오빠도 시간 날 때 같이 사냥하자."

예상외로 반쯤 넘어온 모습에 강예슬이 가까이 다가서며 부추긴다.

한시민의 실력이야 아이템이 증명해 주기에 함께 사냥한다면 훨씬 빠른 속도를 보일 수 있으리라!

"좋았어."

"진짜?"

"응, 네 의견을 적극 수용해 특별 서비스를 추가하겠어."

"……?"

"사냥 도우미 서비스! 15강 풀셋에 레전더리 등급 무기 13 강 낀 한시민의 특급 사냥 헬퍼. 사냥 속도 10배 보장! 심매미 서비스 추가한 고객에게만 제공하는 찬스! 단돈 30만 원. 놓치지 마세요!"

"……."

크, 이 짧은 시간에 여기까지 생각해 내다니. 대단하군, 대단해.

자화자찬과 달리 스페셜리스트는 그를 외면했다. 한시민 역시 진짜 하리라 생각지 않았기에 태연하게 넘겼다.

세 사람에게서 받기로 한 돈이면 충분하다.

거기다 사냥 서비스는 말은 거창하게 했어도 상당히 귀찮은 일!

아무리 지루하다 한들 누워서 구경하는 것과 직접 몸을 움직이며 사냥하는 것을 비교할 순 없다.

"나야 안 해주는 게 고맙지. 어차피 레벨도 안 오르는데."

필요 경험치 550%를 생각하면 정말 스페셜리스트이기에 선심 쓴 것이다.

"사냥이나 하자."

뭐, 나중에 필요하면 부르겠지.

심매미가 달라붙은 파티가 드넓은 초원에 진입했다.

3

황실 기사단도 무사히 황실로 복귀했다. 티끌 하나 없던 갑옷과 날카롭게 벼려진 검이 한껏 지저분해진 채로!

"황제 폐하의 명을 수행하고 복귀했습니다."

"수고했다."

당연히 있을 수 없는 일이기에 황제는 물었다.

"비밀 무덤에 들어가기라도 했던 것이냐."

"아닙니다, 폐하의 명대로 앞까지만 모셔드리고 대기했습니다."

"한데 자잘한 상처가 많구나."

"그분과 함께 사냥을 좀 했습니다."

"호오, 사냥이라?"

솔직한 대답에 황제가 흥미를 보였다.

사냥이라니. 기사가, 그것도 자긍심으론 대륙 기사들 중 으뜸으로 치는 이들이? 대체 왜?

"사냥을 통해 성장할 수 있음을 이번에 느꼈습니다."

"그거야 예전부터 나온 이야기지 않은가."

"예, 한데 그분이 끼고 있는 아티펙트의 도움을 받으니 눈에 보일 정도의 성장을 이룰 수 있었습니다."

"호오, 그래?"

"예, 폐하. 해서 그분께서 용무를 마치고 잠시나마 부탁을 드려 도움을 좀 받았습니다."

말을 하는 기사의 목소리가 가볍게 떨렸다. 황제 앞이라 거짓을 고할 순 없지만 기사의 자존심을 저버렸다 처벌한다면 할 말이 없다.

"잘했군. 그놈이 쓸데가 있다니 다행이야."

"……감사합니다."

다행히 황제는 그런 성격이 아니었지만.

남은 건 허락!

하나 그 말을 꺼내긴 쉽지 않았다. 24시간 365일 황제를 지켜야 하는 기사단이니까. 자리를 비우겠다는 말은 곧 업무에 태만하겠다는 뜻.

잠시 고민하다 이내 삼켰다. 기사로서 강해지고 싶다는 욕심보다 황제를 지켜야 한다는 책임감이 더 컸다.

잠시나마 행운을 얻은 걸로 만족하자.

"기사단을 데리고 사냥하고 싶은가."

"……폐하."

그런 기사단장의 마음을 읽은 황제가 웃었다.

함께한 세월이 얼만데 그걸 모르겠는가!

"그놈이 돌아온다면 2주일의 휴가를 주겠다."

"너무 깁니다, 폐하."

"대가 없이 베풀 리가 없다. 다시없을 기회일 수도 있고."

"감사합니다, 폐하."

마찬가지로 기사단장도 황제를 잘 안다. 그가 하는 말은 번복되는 일이 없다.

게다가 듣자마자 얼마나 가슴이 뛰었던가! 어쩌면 전설로나 내려오는 그랜드 소드 마스터의 경지에 도달할 수도 있다! 물론 단 2주 만엔 불가능하겠지만.

"훈련 일정을 잘 세워봐 보거라. 나도 왕국 것들이 슬금슬금 기어오르는 게 마음에 안 들던 차이니. 성장한다면 기사 대련이든 대회든 열어 제국의 위상을 드높이겠다."

"예, 폐하. 명을 받듭니다."

황제의 입가에 은은한 미소가 걸렸다. 사위에 대한 자부심 때문은 당연히 아니다. 얄밉기 그지없는 한시민에게 하나씩 뜯어낼 때마다 느끼는 쾌감이랄까.

아직 뜯긴 걸 생각해 보면, 그리고 그의 가장 큰 보물인 공주를 도둑맞은 걸 계산하면 한참은 부족하다. 하지만 영지에 이어 기사단까지 하나씩 얻어가다 보면 언젠간 한시민이 분노에 몸을 떨 날이 오리라 믿었다.

"아! 그리고 폐하. 그분께서 폐하께 말씀을 전하라 했습니다."

"말해보거라."

만족스러운 미소의 황제에게 올리는 기사단장의 전언. 아니, 한시민의 말!

"……."

잠시 기억을 더듬는 기사단장이 머뭇거렸다. 잊진 않았지만 '이걸 과연 내가 폐하께 전해도 되는 걸까?' 하는 생각이 든 것이다.

어쩌면 이야기를 꺼내지 않았으면 좋았을지도 모른다. 하지만 전하지 않았을 경우 경험치 보너스가 다신 없다는 말에 어쩔 수 없이 말을 꺼냈다.

설마 죽이기야 하겠어? 그냥 전하는 것뿐인데.

심호흡하고 읊었다.

"폐하, 기사단 강해졌다고 좋아하고 있죠? 설마 영지를 이딴 거 줘놓고 무사하리라 생각하셨다면 극혐입니다. 제가 언젠가 폐하 등골 다 뽑아먹는 날이 올 거니 발 닦고 기다리고 계십쇼. 우리 공주 잘 키우고 계시고요. 아! 그리고 당연한 말이지만 폐하 성격에 자연스럽게 모른 척 날로 드실 거 같아 말씀드립니다. 기사단 키워준 비용은 나중에 만나면 받겠습니다. 처음은 우리 인연을 생각해 싸게 해드리지만 장기 렌트 같은 건 따로 계산할 거니 신중히 생각하시길, 그럼."

"……."

"그럼 이만 물러나겠습니다."

감히 황제의 표정을 볼 생각도 못한 채 기사단장이 도망쳤다.

"푸흡."

그리고 황제의 집무실엔 옆에서 듣던 공주의 웃음소리만이 흐를 뿐이었다.

4

시간이 흐름에 따라 레벨 랭킹은 고착되어 가고 있다. 이건 부정할 수 없는 현실이고 최상위권 유저들이 가장 스트레스를 받는 부분이다.

나만의 레벨 업 노하우가 없으면 뒤처진다.

게다가 계속해서 변화를 줘야 하니 오죽하면 현실에서의 경쟁보다 더 치열하다는 말까지 나올까?

그렇기에 앞서가는 이들은 후발 주자들을 경계할 수밖에 없다. 상대적인 경쟁이니까.

"길마님, 업 축하드립니다."

"축하드립니다!"

"다 여러분 덕분이죠. 항상 고생하시는 거 다 압니다. 50찍고 2막 독식할 때까지만 고생해 주십시오. 끝나면 거하게 한턱 쏘겠습니다."

"와아아!"

그렇기에 랭킹 1등은 고독하고 동시에 골치가 아픈 자리다.

켄지!

현 레벨 랭킹 1등, 판타스틱 월드 길드 랭킹 1등의 마스터.

아직 길드 서열을 가릴 지표는 등장하지 않았지만 그가 가진 재산과 길드원들의 숫자, 그리고 평균 레벨을 가늠해 유저들이 임의로 선정한 랭킹이었다.

그러나 누구도 반박하는 이가 없으니 공식적인 랭킹보다 신뢰가 가는 지표!

50레벨대의 사냥터에서 경험치를 몰아 받는 그의 성장 속도는 감히 상상을 초월할 정도다.

"39. 2등과는 2레벨 차이입니다. 이대로만 가시면 50레벨에 도달했을 땐 최소 5레벨까지 격차를 벌릴 수 있을 듯합니다."

"항상 수고가 많으십니다."

"아닙니다, 길마님이야말로 가장 고생하시는 걸 다들 알고 있습니다. 조금만 더 힘을 내시지요."

"감사합니다."

게다가 모든 걸 희생해 가며 레벨을 밀어주는 길드원들과의 분위기까지 이렇게 훈훈하니 시너지가 발휘될 수밖에 없다.

전부 돈의 힘!

"그래도 혹시 모르니 이번 달부턴 투자 금액을 조금 더 올려야겠습니다."

"알겠습니다."

세상에 돈으로 안 되는 건 없다.

달에 지출되는 비용이 말도 안 될 만큼 엄청나지만 그만큼 또 하나의 세상을 독식하며 최고가 된다는 자부심은 투자할 가치를 만들어낸다. 알 만한 사람들은 초반에 치고 나가 대륙을 선점했을 때 얻을 수 있는 이익이 얼마나 큰지도 알고 있고.

켄지가 쓰는 돈은 그걸 감안하더라도 지나치게 많지만 그는 그런 것에 연연하지 않아도 될 만큼 부자다.

"돈은 신경 쓰지 말고 계속 좋은 아이템이 나오면 매수해 주세요. 골드도 여유분을 항상 마련해 두시고요."

"예, 알겠습니다."

"2위 말고는 랭킹에 특이점은 없나요?"

"아무래도 고착화되고 있는 시점이다 보니 유지하는 유저들이 스스로 떨어지는 경우가 많은데 요 며칠 심상치 않은 움직임을 보이는 유저들이 있습니다."

"……유저들이요?"

"예, 셋인데 파티인 것 같습니다."

"흐음, 파티라."

잠깐의 휴식을 마치고 정비하는 켄지의 표정이 굳었다.

뭐든 좋지 않은 징조다. 현재 상태에서 치고 올라오는 이들이라니. 헬이라 불리는 33부터의 구간을 쉽게 빠져나갈 대책이라도 마련한 것인가.

그래도 자신을 따라잡지는 못하리란 확신이 있지만 언제나 변수는 신경 써야 한다.

"얼마나 치고 올라왔죠?"

"4일 전 35였던 레벨이 이틀 만에 36으로 올랐습니다."

"그야 경험치를 반쯤 쌓아뒀을 수도 있지 않나요?"

"예, 해서 말씀드리지 않았었는데 문제는 오늘입니다."

"오늘요?"

뭐가 문제란 말인가. 설마 이틀 만에 렙 업이라도 했다는 말인가!

"길마님께서 레벨 업 하시기 얼마 전, 37로 업 했습니다."

"……."

살짝 굳었던 표정은 이내 일그러졌다.

이틀에 1레벨?

생각했던 것보다 심각한 문제다. 대충 30에서 33레벨 정도 된다고 생각했었는데 36레벨, 이제는 37레벨인 유저들이었다니.

"그게 말이 됩니까?"

"그래서 알아보고 있는 중입니다."

"이틀이면 제 속도보다 빠른 겁니다. 이 속도라면…… 이틀 뒤엔 레벨을 따라잡히고 6일 뒤엔 역전을 당하겠군요."

"뭔가 특이점이 있을 겁니다. 이 속도는 버그가 아니고서야 불가능합니다."

켄지의 레벨 업 플랜을 담당하는 자가 다급히 변명했다.

이건 게임이지만 동시에 그의 직장이다. 월 단위로 엄청난 인센티브를 받아가며 일하는 단 하나의 이유가 켄지의 레벨 랭킹 1등을 위해서인데 그게 뒤집힌다? 그가 일할 이유가 없어지는 셈. 조급할 수밖에 없다.

"알아보겠습니다."

"예, 고생해 주세요."

고개를 끄덕이는 켄지의 표정이 좋지 않다.

돈은 모든 걸 해결해 주지만 게임 안에선 돈만으로 해결할 수 없는 문제가 나오기도 한다.

"정현수, 정설아, 강예슬. 이 세 아이디 쓰는 유저 추적해 주시고 위치 파악되면 바로 알려주세요."

"예."

그의 움직임이 분주해졌다. 켄지를 안심시키기 위해 버그니 뭐니 개소리를 떠들어 댔지만 베타고가 창조하고 관리하는 판타스틱 월드에 그딴 게 있다는 생각은 조금도 하지 않는다.

저들의 방법이 일회성이든 뭐든 분명한 점은 성과가 있었다는 것!

'찾아서 방해하고 빼앗는다.'

어차피 약육강식의 세계! 먼저 생각하지 못한 건 분하지만 뒷수습만 잘하면 상관없다!

해서 그는 자신했다. 어떻게든 한 번만 볼 수 있다면 흡수할 수 있노라. 그렇게 오만을 부렸다.

랭킹 6, 7, 8등!

고작 4일 만에 이룬 성과에 스페셜리스트가 웃었다. 허탈해서.

"와, 진짜 인생 불공평하다. 우린 한 달 개고생하면서 사냥해도 랭킹 떨어졌었는데 어떻게 시민 오빠 오자마자 이런 변화가 생기지?"

변한 건 파티원 한 명뿐이다.

사냥터도 좀 더 고렙존으로 옮기긴 했지만 그렇다고 전투에 참여하는 인원이 느 것도 아니니 어찌 보면 손해가 더 큰 상황!

게다가 한시민은 말한 대로 일절 사냥에 관여하지 않았다. 오죽 얄미웠으면 몬스터를 슬쩍 한두 마리 흘리기까지 했을까.

그랬음에도 죽든 말든 가만히 처맞고만 있는 모습을 보며 금방 포기했지만.

"축복의 반지가 확실히 사기긴 사기네요. 고마워요, 시민 씨."

"제가 더 고맙죠. 덕분에 영지 발전 기금도 벌고."

"영지는 그럼 지금 누가 관리하고 있는 거예요?"

"거기 원래 관리하던 NPC 있어요. 알아서 잘하는 거 같기에 돈만 주고 왔어요."

"아……."

어찌 됐든 결과가 아주 훌륭했기에 분위기가 훈훈했다. 한시민의 개인적인 이야기까지 VIP급으로 반응해 주는 서비스까지!

"조만간 스페셜리스트도 본거지를 저희 영지로 옮기시죠. 제가 땅 하나 내어드릴게요."

오는 말이 고우면 가는 말도 고운 법!

한시민도 선심 쓰듯 내뱉었다.

그의 영지가 위치한 지리적인 이점과 주변 사냥터, 던전의 보유 현황이야 며칠 동안 사냥하며 귀에 딱지가 않도록 들었기에 정설아도 고개를 끄덕였다. 직접 확인해 봐야 알겠지만 정말 그런 위치의 영지라면 옮기지 않을 이유가 없다.

지금이야 저레벨이니 사냥이나 하면서 레벨 올리기에 급급하지 점차 레벨이 오르고 메인 퀘스트를 진행하다 보면 유저들이 한정된 대륙 땅을 나눠 먹으려고 혈안이 될 텐데 미리 좋은 자리를 선점한다는 건 엄청난 메리트가 아닐 수 없다.

게다가 한시민은 그들의 길드원! 대가만 충분하면 뭐든 팔 남자다.

"오빠, 정말 우리 좋은 자리 하나 내줄 거야? 번화가에 100평 정도만 내줘 그럼. 돈도 좀 벌게."

"그거야 어렵지 않지."

"와! 진짜?"

"어, 지금 아인 왕국에 있는 건물이랑 해서 싸게 줄게."

"……."

물론 그 대가가 조금 비쌀 뿐.

당장 떠드는 사이에도 30만 원이 꾸준히 나가고 있다는 사실을 항상 잊지 않고 있는 강예슬이 못 들은 척했다.

돈 문제는 이제 생각하기 싫다!

수전노 한시민이 그렇게 쉽게 떨어질 귀신이 아니었지만.

"그나저나 사냥 속도가 조금 더딘 거 같은데. 이래가지고 랭킹 1등 잡을 수 있겠어요? 내가 도와줘야 하는 거 아닌가 몰라."

"우리끼리 해도 충분하다."

"에이, 랭킹 싸움은 이제부터인데. 이 속도로 유지되다 50 찍으면 쪽박 차는 거 몰라요?"

가만히 놀다 보니 지겹다.

판월 커뮤니티를 뒤지거나 인터넷 서핑 하는 것도 한두 시간이지, 하루에 20시간을 사냥하는 스페셜리스트 사이에서 점점 노는 시간이 아깝다는 생각이 들기 시작했다.

어차피 같이 시간을 보내는데 이왕이면 싸우면 좋지 않을까! 부수입도 생기고!

하나 쉽게 넘어오지 않는 게 문제였다. 그렇다고 이를 빌미로 협박하거나 하는 망종 짓을 할 만큼 한시민은 쓰레기는 아니기에 다른 방법을 강구했다.

"좋아요! 그럼 이렇게 합시다."

"……?"

"……?"

"10시간만 공짜로 도와줄게요. 한번 써보고 좋다 싶으면 돈 내고 쓰고 아니면 말고. 콜?"

파격적인 조건!

스페셜리스트는 사냥 속도가 빨라져서 좋고 한시민은 거기에 맛들린 호갱들이 단 며칠이라도 더 써준다면 돈을 벌어서 좋고!

고민할 이유가 없다.

"콜!"

추가 비용을 지불하지 않아도 충분히 좁혀지는 격차에 만족하고 있었기에 쓰지 않았을 뿐, 한시민의 아이템에서 오는 사냥 속도 향상 효과는 셋 역시 기대하고 있던 바이니까.

50레벨을 찍는 순간 메인 퀘스트 2막의 시작이고 독식하기 위해선 단서들을 찾는 자잘한 퀘스트를 진행해야 함을 생각해 보면 적어도 레벨 랭킹 1등을 찍고 2등과 최소 3레벨 이상의 차이를 벌려야 한다. 3레벨 차이는 10일에서 15일의 여유가 생긴다는 뜻이니까.

"오예!"

정상이 보이기에 거기까지 고민하는 정설아가 고개를 끄덕이자 한시민이 찌뿌듯한 몸을 일으키며 망치를 들었다.

곧바로 이어지는 사냥!

무리로 몰려다니며 날카로운 발톱과 이빨을 갖고 있는 45레벨 망키를 사냥하는 방식이야 4일 동안 신물 나게 보고 또 봐왔다. 거기에 몇 마리 새는 몬스터들의 공격도 맞아봤고.

남은 건 사냥뿐이다.

'나도 렙 업 좀 해보자! 시댕!'

35레벨의 유저들이 2레벨을 올릴 동안 21레벨 역시 2레벨이 오르는 게 말이 되나! 아무리 필요 경험치 550%라도 그렇지! 하루 종일 앉아서 경험치 처먹는 거 외엔 하는 게 없다고 해도 그렇지!

적어도 25레벨은 찍자. 그래야 기껏 만들어 놓은 유니크 목걸이가 효과를 발휘하지.

[+15 고블린의 축복받은 목걸이]

* 등급: Unique

* 착용 레벨: 25

* 방어력: 10(+100)

* 옵션 1: 공격 시 체력 흡수 +1%(+10%)

* 옵션 2: '짙은 붉은 오라' 효과 적용

　　—공격 시 마나 흡수 +5%

　　—획득 금액 +5%

단단한 방어력에 체력 흡수와 마나 흡수까지 도와주는 꿀 아이템!

랭킹 1위가 40레벨을 바라보고 있는 상황에서 21레벨로 썩을 수만은 없다는 한시민의 마지막 자존심이 불타올랐다.

돈을 쏟아부은 켄지의 정보력은 상상을 초월한다.

게다가 스페셜리스트는 실드 길드와 한바탕 벌인 상황! 덕분에 이틀 만에 스페셜리스트의 동태를 잡은 레벨 플래너는 그들이 사냥하는 사냥터에 도착할 수 있었다.

얼마나 대단한 방법으로 사냥하나 보자.

침을 삼키며 사냥터에 입장하는 플래너의 표정이 굳었다.

"뭐야."

어째 어디서 많이 본 몬스터들인데?

고민은 길지 않았다. 적어도 판타스틱 월드 내에서 그가 모르는 정보는 거의 없다 자부할 정도니까.

"망키잖아."

중요한 건 그가 본 게 여기 있어선 안 될 몬스터라는 사실!

순간 혼란이 찾아왔다.

"45레벨 몬스터를 잡는다고?"

그게 문제는 아니다. 현재 랭킹 1위인 켄지는 50레벨 대의 몬스터를 사냥하고 있으니까.

문제는 45레벨 몬스터를 상대로는 결코 이 정도의 속도를 내지 못한다는 것!

발걸음이 빨라졌다. 확인해 보고 싶었다. 그리고 발견했다. 저 멀리, 요란한 소리와 함께 몬스터들을 학살하고 있는 스페셜리스트를.

고작 넷뿐인 조합이 보이는 속도는 경이로울 정도!

납득이 될 뻔했지만 그래도 고개를 저었다. 속도로 따지면 켄지 쪽이 더 빠르다. 그에게 붙은 유저는 거의 세 자릿수에 가까우니.

"실례합니다."

궁금증을 참지 못한 플래너가 조심스레 다가갔다. 우연히 지나치는 유저 컨셉을 잡고.

설마 죽이기야 하겠어.

거리가 좁혀지자 넷의 시선이 그에게 향했다. 동시에 플래너는 보았다. 찡그려지는 그들의 표정을.

"실드 이 새끼들, 여기까지 쫓아왔네. 징그러운 새끼들."

그리고 날아오는 황금빛 망치를.

5

날아간 망치가 유저에게 정확히 꽂힌다.

"억!"

소리와 함께 쓰러지는 유저.

현실이었다면 묻지 마 폭력 사건이라며 길길이 날뛸 만한 일이지만 게임 내에선 그냥 싸우는구나 싶은 상황!

게다가 이 자리에는 목격자마저 없다.

"죽었나?"

"꿈틀거리는 거 같기도 하고?"

"제대로 안 맞았나 본데요?"

"가서 망치 회수하는 김에 마무리하고 와."

"형님이 가시죠. 제가 가다가 혹시 안 죽어서 역습이라도 당하면 큰일이잖아요."

"……나보다 네가 더 단단하잖아."

"에이, 아무리 그래도 탱커인데요. 설마."

어렴풋이 들려오는 목소리들.

플래너가 생명의 위협을 느꼈다.

'죽는다!'

어찌어찌 살긴 했지만 또 한 번 맞으면 죽음을 결코 피할 수 없으리라.

저 먼 거리에서 던진 망치에 맞고 빈사 상태가 됐는데 직접 힘을 실어 때리는 대미지는 굳이 계산해 보지 않아도 짐작 가능하니까.

"사, 살려……."

"에잉, 이번엔 돈 좀 쓴 사람인가 보네. 한 번이나 버티는 걸 보니."

귀찮은 듯 휘적휘적 걸어오는 한시민.

플래너가 애원했다. 왜 해야 하는지는 잘 모르겠지만 일단 살고 봐야 하지 않겠는가! 게임이든 현실이든 목숨은 언제나 소중하다.

아니! 플래너에겐 판타스틱 월드에서의 목숨이 더 소중했다.

48시간의 접속 불가. 이는 곧 알바생이 가게를 이틀이나 비운다는 말이나 다름없으니까!

세상에 알바생이 이틀이나 없는 편의점이라니. 사장이 가만히 두고 볼 리가 없다.

해서 버는 돈의 대부분을 장비 맞추는 데 썼고 이렇게 돌아다니며 유저들을 만나는 데 거리낌이 없을 수 있었던 것!

다만 그는 운이 좋지 않았을 뿐이다. 하필 실드와의 전쟁을 마친 예민한 상황에 스페셜리스트의 눈에 띄었으니.

아니, 한시민의 눈에 띈 게 잘못이다.

"오빠, 근데 혼자인 거 같은데 막 죽여도 돼?"

"실드 길드 아닐 수도 있을 거 같아요."

"그런가?"

합리적인 의심이다. 망치를 던지기 전에 했어야 할 생각이고.

억울함에 플래너는 망막이 떨렸지만 애써 참으며 고개를 마구 끄덕였다.

"네, 저 실드 길드 아닙니다! 전 켄지 길드 소속입니다! 그냥 지나가다 우연히……"

자존심이고 뭐고 내던진다.

판타스틱 월드에서 가장 명심해야 할 세 가지 원칙 중 하나!

판월에서 의미 있는 죽음은 없다! 죽음은 오로지 개죽음뿐! 살 수만 있다면 다 내던져라! 무기 떨구고 후회하지 말자!

"그래?"

"네!"

진심이 통했는지 한시민의 망치를 든 손이 허공에서 멈췄다.

아직 풀리지 않은 상태 이상!

풀린다 해도 한 방에 빈사 상태에 이르게 만든 눈앞의 괴물에게서 도망칠 수 있을지에 대한 의문은 여전하다.

'젠장.'

어쩌다 이렇게 됐을까.

억울한 것도 억울한 것이지만 새파랗게 어린놈한테 이런 취급을 받는 것도 자존심 상한다.

일단 살자. 살고 복수할 방법을 찾자.

비굴한 미소가 절로 지어졌다.

이 정도면 됐겠지?

생각한 순간.

"응, 안 속아."

"……?"

"당연히 죽기 싫으니 실드 길드가 아니라고 하겠지."

"아니, 진짜입니다. 켄지 길드 소속이라니까요?"

"그게 뭐하는 듣보잡 길든데?"

"……듣보잡이라니! 현 판타스틱 월드 최강의 길드한테 무슨 망발입니까!"

"최강?"

허를 찌르는 개소리에 저도 모르게 나오는 본심!

난 욕해도 되지만 우리 길드를 욕하는 건 참을 수 없어!

플래너는 나름 자부심이 있었다. 하나 그 자부심은 안타깝게도 눈앞의 남자에겐 통하지 않는 종류의 것!

"최강은 우린데?"

"……."

"역시 실드 길드였구만."

"이야기가 왜 그쪽으로……."

"실드 길드 놈들도 지들이 최강이라고 떠들어 대더라고."

"……."

할 말이 없다. 그렇다는데 어쩌겠는가.

"야, 그만 놀고 와서 사냥해. 30만 원 날로 먹으려 하네."

"들켰네."

멀리서 들려오는 정현수의 외침에 진지한 표정을 푼 한시민이 그대로 망치를 휘둘렀다.

퍽!

"……!"

어이없는 죽음!

그리고 점멸하는 시야. 이후, 눈에 들어오는 캡슐 내부의 모습.

대체 무슨 수로 그렇게 빠른 레벨 업을 하나 비밀을 밝히려던 플래너는 빛의 속도로 로그아웃당했다.

"큰일 났습니다, 길마님."

로그아웃하자마자 플래너는 곧장 전화부터 걸었다.

죽은 건 아주 심각한 문제다. 켄지 옆에서 하나하나 챙겨가며 케어하는 게 그의 임무니까.

이럴 줄 알았으면 점수 좀 더 따보겠다고 직접 나서는 게 아닌데.

후회 들었지만 이미 지나간 일! 어떻게든 수습하는 게 더 중요했다.

"무슨 일이죠? 어디 계세요?"

"알아보라고 하신 유저들을 찾아갔는데 그들에게 의문의 죽음을 당했습니다."

"……."

"켄지 길드라고 공격하지 말라 했더니 그런 듣보잡 길드 따윈 모른다고, 우리의 비밀을 털러 온 스파이가 아니냐고 물으며 죽이더군요."

해서 선택한 게 거짓말!

어떻게든 그의 억울함과 분노를 고스란히 전달해야 한다! 그와 함께 죽음이 단순한 오해에서 벌어진 게 아니라 길드에 대한 도발이 있었다는 결론으로 이끌어야 한다!

아주 훌륭한 양아치 짓!

하나 살기 위해 어쩔 수 없었다.

"이런, 레벨 업은 어떻게 된 건지 알아보셨나요?"

"예, 자세한 건 확인할 수 없었습니다만 다행히 그들의 사냥 방식을 몇십 분 정도 지켜볼 수 있었습니다."

몇십 분은 개뿔 30초도 못 봤다. 아니, 그걸 봤다라고 표현이나 할 수 있으려나. 그냥 휘두르면 몬스터들이 뻥뻥 날아다녔는데.

그래도 어쩌겠나. 잘리기 싫으면 뭐라도 말해야 한다.

"비결이 뭐였죠? 조만간 동렙이 될지도 모릅니다. 그들은 벌써 4위까지 치고 올라왔어요."

"예, 걱정하지 마십시오. 제가 이미 파악해 두었으니 남은 건 대책뿐입니다."

"한데 48시간 접속 불가시니…… 흠."

"제가 그동안 완벽한 대책을 마련해 들어가겠습니다. 플랜이야 3일 정도의 여유분은 있으니 괜찮고 거기에 하나만 더해 주시면 될 것 같습니다."

"더한다면 어떤?"

"용병을 고용해 망키의 숲에 보내주십시오. 현재로서 그들의 노하우를 보긴 했지만 그대로 둔다면 역전당하는 건 정해진 수순입니다. 최대한 막아야 합니다. 죽이면 더더욱 좋습니다."

"알겠습니다. 그럼 그렇게 알고 기다리겠습니다."

"예, 죄송합니다, 길마님. 좀 더 신중했어야 하는데."

"아닙니다."

통화는 거기까지였다. 다행히 플래너는 한 번에 잘리는 최악의 상황은 겪지 않아도 됐다.

물론 안심하긴 이르다. 켄지가 별다른 말 않고 곧이곧대로 따르는 이유는 그가 아직 레벨 랭킹 1위고 그간 쌓은 업적이 있기 때문이니까.

월에 억 단위로 돈 쓰는 걸 마다 않는 켄지가 과연 자리를 뺏긴 이후에도 그를 쓰고자 할까? 그의 플래너가 되기 위해 번호표 뽑고 기다리는 후보는 많을 것이다.

해서 진짜 문제는 이제부터 시작이었다.

어떻게 대처할 것인가. 무식하게 사냥만 해대는 그들의 방식은 이미 켄지가 더 좋은 방법으로 사용하고 있는데.

또 다른 무언가가 있을 게 분명하다.

하지만 그게 뭔지 모르니 할 수 있는 방법은 하나.

바로 경쟁자의 레벨을 깎는 것.

"하아."

프로로서 불완전한 계획이라 마음이 좋지 않다.

하지만 지금은 거기에 걸어야 하는 현실!

부디 돈의 힘이 발휘되길 간절하게 빌었다.

그 시각, 한시민의 것이 된 영지.

부자가 되길 바라는 염원으로 영지의 이름을 친히 리치라 지은 뒤, 한시민은 몇 가지 조치를 취해놓고 유유히 떠났다.

그리고 그가 자리를 비운 사이, 리치엔 몇 가지 변화가 있었다.

우선, 좁은 마을에 옹기종기 모여 최대한 몬스터들의 공격을 피해 살던 영지민들의 활동 반경이 조금 넓어졌다.

1,100골드를 구입하자마자 갖고 있던 700골드 중 100골드만 남기고 전부 투자한 덕분!

마을 방어를 위해 무려 1억 6천만 원어치 기반을 마련했다.

당연히 그 외의 것들엔 투자가 미약할 수밖에 없었지만 보좌관부터 시작해 영지민 누구도 불만을 터뜨리지 않았다. 그들의 삶의 터전이 세 배 이상 늘어난 것만으로도 충분히 숨통이 트였으니까!

영지의 주인인 한시민이 만족하기엔 아직 한참이나 부족하지만, 언제 죽을지 모르던 영지민의 입장에서 생각해 보면 장족의 발전일 수밖에 없다.

자연스럽게 영지민들의 표정이 밝아지고 영지 수익이 는다.

아직 눈에 띌 정도는 아니지만 천천히 늘려가고 외지 사람들의 발걸음도 하나둘 향하다 보면 리치 영지의 의미대로 부자가 되는 건 순식간!

그만큼 리치 영지의 지리적 이점은 대단하다.

"보좌관님! 좋은 아침입니다!"

"아! 세라, 오늘 어디 가시나 봐요?"

"예, 요 앞에 잡초 제거하러요. 영주님 덕분에 귀한 땅을 얻었으니 어서 개간해야죠."

"오늘도 수고하세요."

"보좌관님도요!"

훈훈한 풍경까지.

리치 영지의 앞날은 창창하리라 생각될 수밖에 없었다. 며칠 동안은.

"보좌관님, 큰일 났어요! 서쪽에서 몬스터 무리가 몰려오고 있어요!"

"……이런! 주민들에게 빨리 알리고 대피하라 하세요."

"네! 그런데 이번엔 규모가 상당해서 걱정이에요. 얼핏 봐도 30이 넘는다고 해요."

"헉, 그렇게나 많이……! 큰일이네요."

"아무래도 멀리 나가다 보니 경계하는 게 아닐까요?"

"그럴 수도 있겠네요."

평화는 몬스터들의 돌격으로 깨졌다. 다시 얼마 전으로 돌아가 몬스터들을 두려워하고 도망친다.

어쩔 수 없는 본능! 이미 당한 게 너무 많다.

새로운 영주가 마탑에서 이것저것 구입해 영지에 깔아두었다고 해도 리치 영지 주변의 몬스터들은 감당하기 어려울 정도로 강하다. 오죽하면 제국에서조차 완전 토벌을 포기했을까.

그런 몬스터가 무려 30이 넘게 몰려온다.

"어떻게 해야 하죠? 다른 영지로 도망치는 게 낫지 않을까요?"

"......음."

역대급 몬스터 침공에 이런 생각마저 든다.

현명한 판단이 요구되는 상황!

보좌관은 고민했다. 예전이었다면 영지민의 말처럼 영지를 포기하고서라도 잠시 다른 영지로 피난을 갔을 것이다. 비록 세워놓은 건물들과 이것저것이 부서지겠지만 목숨을 잃는 것보다야 나을 테니.

하나 큰돈을 투자하며 호언장담하고 물러났던 영주가 문득 떠올랐다.

"이 주변 몬스터들이 약 빨고 단체로 동맹이라도 맺어서 300마리쯤 몰려와도 절대 안 뚫리게 만들어 놓았으니 걱정 말고 영지나 잘 키워놓으세요. 농업 영지 이딴 거 절대 안 됩니다. 개간한 다음엔 무조건 고급스러운 건물을 영주성 주변부터 올리세요. 그리고 영지민을 늘리고 상업 교류도 늘리세요. 아셨죠? 제 전 재산 투자한 거예요. 진짜 말아먹으면 리치 영지고 뭐고 다 때려 부수고 폭주합니다."

왠지 모르게 그의 전 재산을 걸었다 하니 믿음이 간다.

마치 건설사에서 '저희 가족이 가장 먼저 분양받았기에 열심히 만들었습니다!'라는 느낌이랄까.

도망가지 않아도 되지 않을까? 어쩌면 마탑에서 구입한 비싼 마법 장치들이 몰려오는 몬스터들을 막아주지 않을까?

"우선은 대피합시다!"

"네, 그럼 그렇게 전할게요."

하나 기대만으로 안일하게 대처하기엔 그들이 가진 게 너무나도 없다.

뭘 설치한지는 몰라도 그게 뚫리는 순간 몬스터들을 막을 전력은 영지민들과 소속된 병사 몇뿐인데 몬스터를 막기엔 부족하다. 믿음을 배신하는 것 같아 찝찝했지만 현명한 선택이라 믿었다.

잠시 뒤 리치 영지의 얼마 안 되는 영지민들이 대피했다.

그리고 얼마 지나지 않아 30마리가 넘는 몬스터가 넓어진 영지 끝자락에 도착했다.

"크르르."

몬스터들은 늑대인간이었다. 쳐들어온 이유는 갑작스러운 인간들의 간덩이 부은 짓거리 때문!

제국은 리치 영지의 경계를 넓게 잡았지만 실제로 몬스터들이 거주하는 영역을 따지면 현재 인간들이 사는 공간은 얼마 되지 않는다.

늑대인간들이 허락하지 않은 곳을 갑작스레 넘어오니 화가 날 수밖에!

해서 오늘은 마음먹고 보복하기로 했다.

원래 그들의 거주지까지 들어가 휘젓는 것은 차후 보복이 귀찮아 자제하고 있었지만, 감히 영역을 넓히려는 도전에 응하지 않으면 그건 늑대인간으로서 실격이다.

"크르르르!"

만반의 준비를 한 늑대인간들이 원래는 그들의 영역이었던 공간에 발을 들였다.

풀이 베어지고 인간의 손을 타기 시작한 땅.

소변을 보며 영역 표시를 다시 한다.

"크르르르?"

그런 그들의 시야에 어느 순간 땅에서 빛나고 있는 거대한 문양이 들어왔다.

뭐지? 이런 건 원래 없었는데? 그사이에 인간들이 만들어 놓은 건가?

잠깐의 고민. 그리고 발동되는 마법진.

콰콰콰콰콰쾅!

마법진은 한시민의 자존심을 제대로 살려주었다.

7

시간이 흐르고 영지민 한 명이 영지로 돌아왔다.

얼마나 파괴됐을까? 몬스터들이 숨어 인간이 돌아오기만 을 기다리지는 않을까?

세간살이가 파괴된 것도 문제지만 후자일 경우엔 아주 심 각한 문제가 될 수 있다. 살자고 도망쳤으니 목숨이라도 잘 챙 겨야 하니까.

해서 영지의 운명을 손에 쥔 영지민은 여기저기 꼼꼼히 움 직였다.

그런데.

"······?"

터전에 들어가는 영지민의 고개가 갸웃했다.

'뭐지? 이럴 리가 없는데? 생각보다 너무 깔끔하잖아.'

순간 다른 영지에 들어온 건 아닐까 하는 생각마저 들 정도로 깔끔했다. 평소 돌아다니는 사람들마저 없으니 휑한 게 신축 영지 같은 느낌마저 들 정도.

게다가 몬스터라고는 그림자도 보이지 않는다. 눈을 씻고 찾아봐도 없다. 왠지 있어야 할 거 같은 상황이기에 이상하다는 마음을 갖고 더 많은 시간을 투자해 영지를 둘러보았다.

없으면 좋다. 한데 말이 안 되지 않은가!

내 눈에 영지민들의 목숨이 걸렸다 생각하고 정찰했다. 원래 살던 곳엔 몬스터가 없다는 걸 확인한 것에 만족하지 않고 새롭게 넓혀진 영지로 나갔다.

그곳이야말로 위험지대! 거기엔 진짜 몬스터가 있을 수도 있기에 가고 싶은 마음이 없었지만 마음속에 싹튼 의심은 소심한 그를 움직이게 만들었다.

대체 서른이나 되는 몬스터가 몰려왔으면서 왜?

아무리 인간들이 도망쳤다고 해도 그들은 몬스터다. 깽판을 치고 가도 모자랄 판에 자취조차 없는 게 이상했다.

뭔지 확인하고 싶었다.

그렇게 한참 더 정찰한 그는 발견할 수 있었다.

왜 영지에 아무런 흔적도 없는지, 마치 아무것도 들어오지 않았다는 듯 조용할 수 있었던 것인지.

"……뭐야, 이거."

서쪽, 확장된 영지 끝. 노릇노릇 익어 있는 서른의 늑대인간이 모든 걸 설명해 주었으니까.

동시에 표정이 밝아졌다. 그들은 살려고 농업을 선택했지만 한때는 제국에서 가장 부유한 영지 중 하나였던 전력이 있다.

특히 교통의 요충지로써 수많은 특산물이 오가는 곳에서 사는 이들은 3년간 풍월만 읊어도 어떤 물건이 어디서 비싸고 이득을 많이 남길 수 있는지 안다.

그런 그의 눈앞에 귀중하기로 소문이 난 늑대인간 서른이 누워 있다. 가죽, 고기, 내장, 심지어 발톱까지 버릴 게 하나 없는 자원!

"……영주님 만세!"

왜 늑대인간들이 죽어 있는지에 대한 의문은 조금도 갖지 않았다. 영지민들은 영주가 무언가 조치를 취해주었다는 사실을 알고 있으니까.

"와아아아!"

죽어 있는 늑대인간들이 일어날까 두려움도 있었지만 그보단 기쁨이 더 컸다.

이제 도망치지 않아도 된다!

몬스터들의 습격도 두려워하지 않아도 된다!

이 두 가지가 주는 의미는 상상을 초월했다.

정찰을 끝낸 영지민의 가벼운 발걸음이 대피처로 향했다. 리치 영지의 시작을 알리는 축포였다.

"어때? 이 정도면 돈 내고 쓸 만하지?"

"……와, 15강 미쳤다. 진짜. 오빠, 나도 15강 해주면 안 돼?"

"되지. 돈만 준다면."

"오빠처럼 다 15강 하려면 얼마나 들까?"

"글쎄? 우선 20억 정도 들고 와봐."

"아니, 15강을 길거리에서 산 커피처럼 들고 다니면서 왜 이렇게 비싸?"

강예슬의 철없는 질문에 혀를 찬다.

호갱만 아니었다면 꿀밤 한 대 때리는 건데. 돈이 웬수지.

한숨 내쉬며 세상물정 모르는 재벌집 아가씨에게 친절히 설명해 준다.

"예슬아, 넌 너희 집에 있는 가전제품들 다 돈 주고 샀다고 생각하냐? 너희 아버지가 그룹 회장인데?"

"……."

"넌 너희 그룹 제품들 공짜로 비싼 거 많이 쓰던데 우리 집에도 좀 해줘라."

"……."

당연히 강예슬이 그녀의 집에 있는 가전제품을 돈 주고 샀는지 공짜로 받아왔는지 알 리가 없다.

다만 납득 되는 말이기에 고개를 끄덕였다.

"미안. 싫다는 말이네?"

"응."

결론만 잘 전달되면 되지!

한시민은 자신의 말을 제대로 알아들은 강예슬을 보며 만족스럽게 고개를 끄덕였다.

이렇게까지 의견을 피력했는데 돈을 바리바리 싸들고 찾아와 15강 해달라고 하면 해줄 의향은 있다. 돌아다니며 2~30%의 명당 정도 찾는 건 그리 어렵지 않으니까. 실제로 20억까지 들 리도 없고. 물론 그날의 운에 따른 것이겠지만.

"어쨌든. 어때요, 설아 씨? 투자할 가치가 있지 않나요?"

"잠시만 고민 좀 해볼게요."

"네, 얼마든지요!"

원래 정설아는 추가적인 지출을 감당할 생각이 없었다.

충분히 축복의 반지만으로 랭킹을 좁히는 데 가능성을 보았고, 굳이 무리해서 랭킹 1위에 오르지 않고 레벨의 격차만 최대한 좁힌 채 메인 퀘스트 2막에 들어가도 보상들을 선점하며 앞서 나갈 수 있으리란 자신감이 있었기 때문.

한데 10시간 동안 함께한 사냥을 통해 마음이 조금 바뀌었다.

잘하면 1등을 달성하고 동시에 역전할 수 있지 않을까? 이 속도로만 사냥하면 50을 달성했을 때 적어도 3레벨 이상의 차이를 만들어낼 수 있지 않을까?

레벨은 조금 늦게 찍고 퀘스트 진행을 빠르게 해 보상을 획득하는 것과 애초에 시작 자체를 남들보다 빠르게 해 독점하는 것은 느낌 자체가 다르다.

결국 결과는 누가 먹느냐의 싸움이지만 단순히 보상이 고정되어 있는 게 아니기에 가능한 이야기!

해서 고민했다.

더 투자할 것인가.

"좋아요. 대신 50 찍을 때까지 함께하는 조건으로요. 어때요?"

"완전 콜이죠."

결국 한시민의 꼬임에 넘어갔다. 쉽게 거절할 수 없는 유혹이기도 했다. 속도가 두 배 이상 빨라지는 사냥을 한번 몸에 익힌 이상 갑자기 예전으로 돌아가라 한다면 어색하고 답답할 수밖에 없으니까.

"오예."

현재 시간당 90만 원씩 받고 있으니 서비스까지 사용한다고 하면 120만 원이다.

세상에 시급 120만 원이라니!

군대에서 만을 빼고 받던 시절을 생각하면 안구에 습기가 찬다.

'시민아, 성공했구나.'

이 속도라면 채 한 달을 넘기지 못할 단기 알바 수준이긴 하지만 그것만 해도 7억이 넘는 돈이다. 그리고 무엇보다 이번 한 번으로 끝나지 않으리란 확신도 있었다.

아직 저레벨 구간일 뿐이니까.

수많은 NPC를 보고 제국의 황실까지 들어가 본 입장에서 절대 포기할 수 없는 성벽!

그걸 보기 시작하는 유저들은 욕심을 가질 것이다.

또 경쟁에서 이기고 싶어 하겠지.

거기서 가장 중요한 게 한시민의 역할이다.

경쟁자 없는 블루 오션!

설사 스페셜리스트가 또 이용하지 않는다 한들 고객은 널리고 널렸다. 미소가 지어지지 않을 수가 있나!

"어휴. 오빠, 돈을 그렇게 벌었으면서 또 벌려고?"

"벌면 뭐하냐. 내가 쓰지 못하고 다 줄줄 새는데. 여기서 열 배는 더 벌어야 현실에서도 좀 떵떵거리며 살 거 같다."

"에? 뭔 소리야. 저번에 내가 강화한 것만 해도……."

"억이 넘지. 근데 그게 다 빌어먹을 거지 영지에 들어갔다.

에휴."

하나 강예슬이 꺼낸 이야기에 좋았던 기분이 다시 구렁텅이로 빠졌다.

젠장, 웬만하면 그런 안 좋은 추억은 생각하고 싶지 않았는데.

원망스러운 눈빛으로 봐 봤자 뭐하겠나. 이미 떠올랐는데.

한숨을 내쉬며 그녀의 오해를 바로잡았다.

"우리 리치 영지가 아주 거지같은 몬스터들 때문에 상당히 가난하대. 그래서 영주로서 골드 좀 투자해서 지금 개거지다."

"설마 전 재산을 다 거기에 버렸다고?"

"전 재산까지는 아니고 한 1억 6천만 원어치는 되겠지."

말만 하는데도 뼈를 깎는 기분이다.

다시 생각해도 아깝다. 말이 1억 6천이지 아예 회수가 불가능한 마법진이다. 마탑에서도 결제하는 그 순간까지 다시 한번 생각해 보라 만류할 정도!

물론 효과는 보증한다지만 세상에 1억 6천을 게임 속 땅 방어를 위해 쓰는 사람은 얼마 없을 것이다. 거기다 당장 필요한 게 천지인 영지에.

"후, 잘되겠지."

그렇게 믿고 기다리자.

사방에 깔아놓은 마법진, 그것도 심혈을 기울여 강화해 깐 마법진들이 주변의 건방진 몬스터들의 접근을 막아주고 다시 과거의 영광을 되찾는 리치 영지가 되어주길.

"……언니, 내가 왜 죄인이 된 거 같지?"

"네가 잘못했네."

"쳇, 나중에 한번 놀러 가 봐야겠다. 대체 1억 6천만 원짜리 마법진은 얼마나 대단한 건지 내 눈으로 봐야겠어."

투덜대는 강예슬을 보며 다시 기억을 지운다. 그리고 미래 또한 생각하지 않도록 노력한다.

'또 얼마나 투자해야 내가 생각한 영지가 될까…….'

상상조차 되지 않는다.

어쩌면 이렇게 번 돈도 다 영지에 들어가지 않을까?

나약해지는 마음을 다잡았다.

게임은 하기 나름!

하루 이틀하고 접을 것도 아니고 초반에 너무 힘쓰지 말자. 우선 되살아날 기틀을 마련해 두었으니 천천히 키우면 된다.

먹고살자고 하는 게임에 조급히 투자하다 보면 결국 먹고 사는 범위가 상당히 좁아진다는 건 이미 깨달은 아주 중요한 부분이었다.

"사냥이나 하죠."

일단 벌자!

비어버린 통장 잔고를 생각한 한시민이 열정을 불태웠다.

켄지의 표정은 날이 갈수록 굳었다. 어느덧 2위까지 치고 온 스페셜리스트 때문.

"……."

막 접속 제한이 풀린 플래너는 덕분에 가시방석이었다.

여전히 1위라는 사실에 기뻐할 게 아니다. 이 속도라면 당장 내일이라도 순위가 박탈될지도 모른다는 사실은 판타스틱 월드를 플레이하는 유저라면 누구나 알 테니까.

거기다 2위로 떨어지는 것이 아니다.

4위.

켄지가 지출하는 금액을 생각해 보면 말도 안 되는 액수.

"길마님, 용병들을 안 보내셨습니까? 우선 그들을 막아야 합니다."

"보냈습니다. 아마 지금쯤 도착했겠군요. 대책은 어떻게 됐습니까? 대체 뭐기에 그렇게 빠른 레벨 업이 가능한 거지요?"

"예, 아무래도 그들에게 경험치 추가 혜택을 받는 아이템이 있는 것 같습니다."

"뭐라고요? 판타스틱 월드에 그런 게 있나요?"

"물론 저도 믿기지 않습니다만 그렇지 않고서야 설명이 불가능한 일입니다. 제가 봤을 때 그들은 45레벨 망키들을 고작 넷이서 빠르게 사냥하고 있었습니다. 아이템이 좋고 컨트롤이 좋다는 걸 감안해 봐도 길마님보다 사냥 속도가 빠를 순 없는데 이런 차이가 발생한다는 건 그렇게밖에 생각할 수가 없습니다."

"흠, 하긴 없는 게 없는 게임이니까요."

"그래서 그들을 죽이는 게 더더욱 중요합니다. 죽이고 또 죽이고 계속 죽여야 합니다. 만약 그런 아이템이 존재하고 그들이 가지고 있다면 빼앗아야 하니까요. 대책이라 부르기도 민망한 대책을 가져와 죄송합니다."

48시간 동안 머리를 굴리고 굴려 생각해 낸 그럴듯한 소설!

하나 제법 정확했다.

"아닙니다. 들어보니 그런 식이 아니라면 확실히 말도 안 되는 일이긴 하네요. 레벨 업을 잠시 미루고 길드를 움직이는 것도 고려해 봐야 할 문제 같습니다."

켄지가 자리를 털고 일어났다. 온몸에 둘러진 유니크 아이템들이 주인을 돋보이게 만들어준다.

그런 그가 갖지 못하는 아이템이란 세상에 존재할 수 없는 법!

"우선 몰래 접촉해 확인해 보세요. 판매 여부도 확인해 보시고요. 만약 진짜 그런 아이템을 가지고 있고 팔 의향이 없다고 한다면……."

사람 좋던 켄지의 눈동자가 차가워졌다.

"어쩔 수 없이 빼앗어야겠죠."

"예, 알겠습니다."

플래너가 고개를 숙이고 물러났다.

이제부터는 바빠질 것이다.

초반에는 웬만하면 사냥 외에 다른 콘텐츠를 즐기지 않는 편이 좋지만 당장 자리를 위협하는 적이 생긴 마당에 그런 걸 따져서 되겠는가!

아직도 망치에 맞은 부위가 욱신거리는 것 같은 느낌에 플래너도 이를 갈았다. 말은 안 했지만 죽으며 떨어뜨린 아이템이 상당히 비싼 것이었다.

어떻게든 복수하고 돌려받으리라! 이자까지 쳐서.

스페셜리스트가 모르는 사이 적이 하나 더 늘었다.

9

1시간을 사냥하면 120만 원이 생긴다.

게임 머니 120만 원도 아니고 현금 120만 원!

물론 판타스틱 월드의 120만 골드라면 더 좋겠지만 스물다섯 먹고 이제 막 초라한 원룸에서 오피스텔로 전직한 한시민에겐 꿈과도 같은 수입.

당연히 쉬고 싶은 마음 따위는 없었다. 조금이라도 더 사냥한다.

"자지 말고 사냥합시다!"

"……."

그나마 취침하는 네 시간마저도 아낄 만큼의 열정!

"아니면 캐릭터 두고 자고 오실래요? 제가 잡고 있을게요."

아직 정산 받지는 못했지만 돈이라는 게 이토록 무섭다.

비록 어디 가지도 못한 채 오르지도 않는 레벨을 쳐다보며 의미 없이 사냥을 해야 하는 고통이 존재하지만, 그와 별개로 쌓이는 통장 잔고는 그 모든 것을 감내할 용기를 만들어준다.

"캬, 난 정말 헌신하는 시민 상이라도 줘야 해. 그렇지 않냐, 예슬아?"

"예예, 많이 도와주셔서 참으로 감사드립니다. 상을 받으셨으니 상품으로는 예슬이 하루 이용권이 지급될 예정입니다."

"뭔 보상이 그렇게 쓰레기냐."

"아니, 쓰레기라니! 내가 뭐! 왜!"

"쯧쯧, 거울을 보거라."

게다가 이렇게 양심 없는 개소리를 내뱉어도 받아주는 착한 파티까지 있지 않은가.

힘이 절로 난다. 빠르게 한탕 치고 현실에 번듯한 집도 한 채 사고 싶다.

"7억이면 괜찮은 곳에 아파트 한 채 살 수 있겠지?"

"너 영지에 1,600골드 쓴 거 보면 그 돈도 다 게임에 들어갈 것 같은데?"

"형님, 초 치지 마시고 가서 주무시고 오시죠."

왠지 진짜 그렇게 될 거 같으니까요. 시밤.

비웃음과 함께 사라지는 셋.

한시민 역시 그들의 일정에 맞춰 하루 네 시간 자는 건 마찬가지라 로그아웃하는 편이 정신건강에 이롭지만, 하지 않았다. 해야 할 일이 있기에!

"전설의 테이먼지 나발인지 개떡 같은 스킬 하나 던져 주긴 했는데 어떻게 써야 하나."

빌어먹을 필요 경험치를 200%나 친절하게 상승시켜 준 그 사람!

그래도 이왕 받은 거 어떻게든 돈 되는 방향으로 써먹어 보겠다고 시간 나는 대로 몬스터들을 붙잡고 테이밍을 시도해 봤지만 번번이 실패했었다.

이유는 당연히 모르고 어디 가서 물어볼 방법도 없으니 답답할 따름.

"보통은 체력 깎고 시도하다 보면 된다던데."

당연히 판월 커뮤니티에 들어가 이리저리 검색도 해봤다.

이 넓은 대륙에 레전더리 등급의 테이머는 단 하나겠지만 그 외에도 몬스터를 동물이라 생각하고 교감하려는 미친놈들이 아예 없을 리가 없으니까.

다행히 그들은 이런저런 정보를 올려놨고 테이머에 대한 간단한 지식 정도를 얻을 수 있었다.

도움이 안 되는 게 문제였지만.

"에휴."

레전더리하고 다른 걸 비교한 게 잘못이지. 그 직업을 갖고 있던 놈도 제정신이 아니었는데.

처음부터 하나씩 알아가야 하는 기쁨!

인상을 찌푸리며 걸음을 옮겼다. 현재 한시민이 생각하는 가장 그럴듯한 가정을 실험해 보기 위해!

"저기, 뭐 좀 여쭤보겠습니다."

"네?"

그런 그의 앞에 한 무리의 유저가 나타났다.

잔뜩 무장하고 사냥터를 한참 누빈 표정!

"혹시 이 주변에 4인 파티로 사냥하던 유저들 보신 적 있나요?"

"4인이요?"

"네."

동시에 한시민은 깨달았다.

이 새끼들, 우릴 찾고 있구나.

눈치 하난 끝내준다. 그와 함께 인원수를 체크한다.

'어림잡아도 열이 넘네.'

실드인가?

볼 때마다 싸우고 있으니 알 수가 있나.

누구든 일단 이 넓은 사냥터에서 단체로 몰려다니며 사람을 찾을 리가 없다.

흩어져서 찾는다고 가정하면 적어도 50명 이상의 사람이리라.

'할 짓도 없네.'

아무리 플레이하는 유저 수가 2천만이 되어 가는 게임이라도 그렇지. 무슨 네 명 패러 오는데 기본 백 명씩 끌고 다니나. 그래놓고 잡으면 다행인데 또 와서 개망신만 당하고 가는 주제에 말이야.

혀를 차며 어떻게 할지 고민한다.

'딱히 강해 보이진 않는데.'

현재 한시민의 망치를 견딜 만한 유저가 기껏해야 한두 명 있을까 말까이니 소수로 몰려다니는 이들을 각개격파해도 큰 무리는 아니다.

"음, 잘 모르겠네요. 전 여기 약초 캐는 퀘스트 때문에 온 거라."

"아, 그러세요?"

"네, 온 지 얼마 안 됐어요. 한 30분?"

"레벨은 그렇게 높아 보이지 않으신데."

"몬스터는 없던데요?"

"운이 좋으시네요. 여긴 45레벨 몬스터들이 나오는 곳이니 빨리 퀘스트만 완료하시고 나가시는 게 좋을 것 같네요."

"아, 감사합니다."

하나 피하는 선택을 했다.

몬스터들이 한시민의 오라만 보면 도망치는 현상이 발생해 잠시 꺼둔 게 지금의 상황을 모면하는 데 큰 도움을 주었다.

굳이 상대편에서 찾는 대상임을 모르는데 왜 힘을 빼나! 게다가 자는 시간마저 버려가며 시험해 봐야 할 게 있지 않은가.

"누굴 찾으시는데요?"

"아닙니다. 저희 길드원을 죽인 파티인데 초보자분께서 엮이셔서 좋을 게 없습니다."

"아하, 나쁜 놈들이네요. 꼭 찾으셔서 복수하시길 바랄게요."

"예, 즐판하세요."

초보자에게 관대한 판타스틱 월드!

사람 좋은 미소를 지어 보이며 스쳐 지나가는 놈들을 보며 피식 웃었다.

'길드원을 죽인 파티는 개뿔.'

맞긴 하지만 시비 건 쪽은 실드가 아닌가!

이미 퇴장한 실드와는 전혀 관련 없는 용병들이지만 한시민의 오해는 아직 풀리지 않았다.

'괜찮겠지?'

로그아웃한 셋이 돌아오려면 네 시간이 더 지나야 하지만 만약 그때까지 찾는다면 또 한 번의 교전은 불가피한 상황이 될 것이다.

　한시민이야 PK를 하면 부수입이 생기고 좋지만 그게 사냥을 방해하는 선이라면 상당히 귀찮아질 수가 있다. 이전과 달리 시간은 돈이 되었으니까.

　"에이씨."

　모르겠다. 일단 볼일 보고 빨리 돌아와서 그때도 있으면 처리하자.

　사냥터에서 벗어난 한시민이 성으로 향했다.

　오랜만에 돌아온 성은 반가웠다.

　파릇파릇한 초보자들, 뛰노는 토끼들, 그리고 여러 NPC까지.

　접속하자마자 '이게 가상현실이구나'라는 느낌을 강렬하게 주었던 그 첫 순간의 장소를 어찌 잊겠는가.

　아마 게임을 시작한 수많은 유저도 역시 마찬가지일 테다.

　또 앞으로 얼마나 많은 가상현실 게임이 나올지는 모르지만 판타스틱 월드에 가장 먼저 길들여져 버린 유저들에겐 어떠한 감흥도 느끼지 못하게 되어버릴지도 모르고.

"아, 그러고 보니⋯⋯."

한시민의 용무는 성 밖에 있다. 하지만 여기 오니 문득 잊고 있었던 게 떠올랐다.

"스승님은 잘 돌아왔나?"

거의 한 달 가까이 잊힌 칸!

함께 제국으로 가 또 한 번 도약의 발판을 마련해 준 고마운 사람이지만, 안타깝게도 인성의 한시민에겐 그저 강화를 가르쳐 준 고마운 NPC일 뿐!

"나중에 선물이나 줘야겠다."

지금도 들어가 고맙다는 인사를 하겠다는 생각은 조금도 하지 않았다. 그저 생각난 김에 한동안 먹지 못했던 맛있는 음식들을 먹기 위한 입성.

여기저기 돌아다니며 배를 채운 한시민이 다시 성을 나섰다. 그러곤 추억의 장소로 향했다.

"나도 저렇게 열심히 사냥할 때가 있었지."

오라를 숨긴 채 토끼 사냥터로 향하니 누구도 한시민에게 시선을 주지 않았다. 가죽 방어구와 초보자용 단검은 누가 봐도 초보자일 수밖에 없으니까.

유유자적 여전히 복작거리는 토끼와 유저들 사이를 지나 좀 한적한 장소에 도달했다.

"뀨우?"

그러자 다가오는 토끼 한 마리.

"귀여운 자식."

옛날에도 이런 식으로 접근하는 놈에게 방심하다 한 대 처맞은 적이 있었지.

세상에 남자들이 군대 이야기로 매번 만날 때마다 우려먹는 이유가 다 있는 법!

감회가 새롭고 추억이 새록새록 하니 기분이 묘하다.

만약 그때 강화를 배우지 못했더라면 토끼를 잡기까지 얼마나 오랜 시간이 걸렸을까. 그런데 이제는 그런 토끼를 봐도 손을 내밀 정도로 성장했구나.

"크흡."

눈물이 앞을 가린다.

성장은 했는데 왜 통장 잔고는 여전히 바닥일까.

아직 1억이 있긴 하지만 이것 역시 골드로 바꿀 예정이고 월세로 빠져나갈 걸 생각해 보면 예전보다 나아진 거라곤 편안한 잠자리뿐.

그마저도 취침을 위한 4시간을 제외하곤 온종일 캡슐에서 생활하니 차라리 그 돈으로 캡슐을 바꾸는 게 효율적일지도 모른다.

"뀨!"

그러거나 말거나 내민 팔을 무는 토끼.

그런 토끼의 머리를 쓰다듬어 준다. 그리고 교감하기 위해 웃는다.

"아이, 귀여워라. 우리 토끼. 사람 손도 물 줄 알고. 다 컸네?"

"뀨욱! 뀨욱!"

뭔 개소리야!

한껏 더 세게 물어뜯는 토끼.

간지럽지만 기분은 더럽다.

'죽일까?'

순간 망설여졌지만 인내를 갖고 떨리는 입꼬리를 가다듬었다.

그래도 판타스틱 월드에서 가장 레벨이 낮은 몬스터인데 테이밍 한 번쯤은 성공해야 하지 않겠니, 시민아.

딱히 갖고 싶어서 얻은 레전더리 직업은 아니지만 어쨌든 쓰는 방법만 잘 알아내면 충분히 쓸모가 있을 것이다.

해서 본능을 억누르며 주머니에서 토끼풀을 꺼냈다.

"자, 먹자. 토깽아."

"……."

한 걸음 물러서는 토끼.

뭐야, 말이라도 알아듣는 건가? 그럼 좀 처먹고 순순히 테이밍에 응해라!

길들이는 사이 사소한 문제가 하나 더 생겼다.

"어머, 저 사람 봐."

"토끼랑 말을 하네?"

"불쌍한 사람일지도 몰라."

물론 조금도 신경 쓰지 않았지만.

잠시 도망치려는 토끼를 붙들어 둔 채 이런저런 이야기를 한 뒤.

"테이밍."

지금껏 한 번도 먹히지 않았던 스킬을 초조한 마음으로 외쳤다.

그리고.

[테이밍(SS)을 사용합니다.]

[테이밍에 성공했습니다!]

[테이밍 가능 몬스터: 1 / 100]

토끼가 그의 품에 안겨왔다.

테이머의 수는 적다. 하지만 2천만 유저에 비해 적을 뿐 없진 않다.

소수의 유저에게 사랑받는 테이머!

개중엔 랭킹 1,000등 안에 드는 사람도 있다.

"테일러, 케인! 공격해!"

그런 이들은 당연히 테이머의 특성을 잘 이해하고 누구보다 활용할 줄 아는 자들!

파티에서도 환영할 수밖에 없다.

최소의 유저로 최대의 효율을 내야 하는 파티에서 싸움에 참여하는 머리수는 느는데 몬스터들의 경험치는 테이머의 것에서 가져가니까.

숙련된 테이머일수록 환영받고 있는 추세!

"하이안 씨, 그런데 테이밍은 많이 못 해요?"

랭킹 600위대에 위치한 테이머 하이안에게 파티원 중 하나가 물어왔다.

부럽기도 하고 동시에 궁금하기도 한 점!

테이머라면 누구나 한 번쯤은 하는 생각이 아닐까.

무한한 몬스터들을 앞세워 경험치를 쭉쭉 빼는 1인 군단!

아직 저레벨이라 가능하리란 생각은 들지 않지만 혹시 모르니 물어보는 것.

"네, 절대요."

하지만 기대에 부푼 시선에 하이안은 단호하게 고개를 저었다.

꿈과 희망을 깨버리는 발언!

말에 씁쓸함마저 담긴 게 불쌍하기까지 하다. 해서 파티원
들이 순간 침묵했다.

하긴, 직업마다 각자의 고충이 있는 법이니. 남의 떡이 더
커 보이는 법이고.

만약 테이머가 그토록 강한 직업이었다면 하이안은 600위
가 아니라 두 자릿수에서 경쟁을 하고 있으리라.

"테이밍할 수 있는 몬스터의 수는 꽤 많은 편이에요. 보통
노말 등급의 테이머는 5마리, 레어 10마리, 유니크 20마리,
이런 식으로 올라가는 거 같으니까요. 저도 운이 좋아 유니크
등급의 테이머가 됐지만 지금 데리고 다니는 건 두 마리뿐이
잖아요."

"……무슨 제약이라도 있나요?"

"아뇨, 그런 건 아닌데 그게 평생 테이밍할 수 있는 몬스터
의 수예요. 당연히 초반에 많이 데리고 다니면 나중에 문제가
되죠."

"데리고 다니다가 나중에 버리고 다른 걸로 바꾸면 안
돼요?"

"물론 죽으면 그 자리를 채울 수야 있겠죠. 그런데 기껏 키
워놓은 몬스터가 죽는 건 테이머에게 아이템이 터지는 거나

다름이 없으니……. 최대한 효율적으로 키워야겠죠. 아니면 테이밍 횟수를 늘리는 아이템을 구해야 하는데 그건 가격이 만만치 않고요."

테이머의 현실에 파티원들이 고개를 끄덕였다.

그런 고충이 있구나.

"그럼 토끼를 막 수십 마리씩 데리고 다니는 테이머는 없겠네요? 초반엔 나름 괜찮을 거 같은데."

"나쁘진 않겠죠. 대신 그렇게 사냥하면 경험치를 다 빨리니 그런 짓을 할 멍청이는 없겠지만요."

씁쓸하던 표정에 한 줄기 웃음이 지어졌다.

테이머를 시작하는 유저 중 그걸 생각하지 않는 멍청이가 있으려고.

그런 멍청이가 있다면 언젠가 한번 꼭 보고 싶다는 생각을 하며 두 마리의 테이밍 몬스터에 다시 명령을 내리기 시작했다.

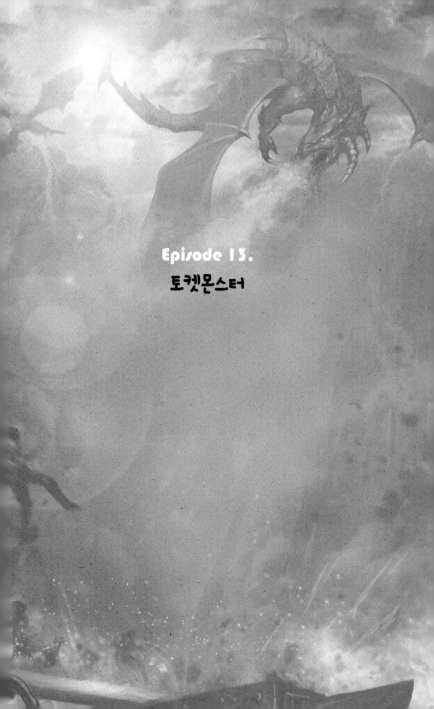

Episode 13.

토켓몬스터

1

[테이밍(SS): Active]

* 내용: 약육강식을 따르는 테이머 최강의 스킬!

"……."

이게 그 뜻이었냐.

품에 안겨 몸을 비트는 토끼를 보니 한숨이 절로 쉬어진다.
꿀밤 한 대 때리지 않았는데 너무나 쉽게 성공했다.

그간 테이밍 시도했던 몬스터들의 레벨을 생각해 본다면
유추할 수 있는 내용!

유저보다 레벨이 낮아야 한다.

이 무슨 개떡 같은 조건인가.

물론 엄청난 스킬이긴 하다.

일반 몬스터에게만 적용되는 것인지 아니면 네임드 몬스터도 가능한지에 대한 여부는 아직 확인하지 못했다. 테이밍 게시판에 올라오는 수많은 불만 글의 내용은 테이밍의 난이도가 너무 높다는 글이 대부분이니까.

남들은 한 마리 테이밍하는 데에도 많은 노력을 기울이는데 한정 조건으로 자신보다 낮은 레벨의 몬스터를 쉽게 테이밍하는 건 분명 많은 이점을 찾을 수 있다.

이를 테면 100레벨을 찍고 99레벨의 몬스터들을 잔뜩 테이밍해 저레벨 유저들을 학살하고 다닐 수도 있다.

"만렙 찍으면 드래곤도 테이밍 가능한가?"

결국 어떤 스탯도 필요 없이 레벨만 올리면 되는 아주 간편한 스킬!

강화처럼 아이템 레벨이 오를수록 많은 제물과 의식이 요구되듯 테이밍도 그럴 가능성이 높겠지만 어쨌든 레전더리 등급의 테이머 직업을 어떻게 써야 할지에 대한 갈피는 대충이나마 잡혔다.

아주 사소한 문제 하나만 해결한다면 완벽한 1인 군단을 만들 초석이 마련되는 셈!

"에휴, 결국 레벨이 문제네."

이쯤 되면 베타고가 자신을 저격하고 있는 게 아닐까 하는 의심이 들 정도다. 레벨이 절대적인 역할을 하는 직업에 필요 경험치 페널티 550%가 말이나 되는 소린가.

두 개의 레전더리 직업 시너지 효과로 빨라지는 사냥 속도를 생각해 봐도 다른 유저보다 다섯 배 이상 열심히 사냥해야 따라잡을 수 있다. 남들 100레벨을 찍을 때쯤 50레벨이나 찍으면 다행이랄까.

45레벨 몬스터를 같이 잡는데 40레벨을 앞둔 유저보다 레벨 업이 힘들다는 게 말이 되나!

남들보다 앞서 고레벨 몬스터들을 잔뜩 테이밍한 다음 돌아다니며 유저들에게 양아치 짓을 하고픈 소망을 살포시 접었다.

품에 안긴 토끼나 잘 키워보자.

"가라!"

이루지 못할 꿈 따윈 집어던지며 시야에 들어온 다른 토끼를 가리켰다.

쫄래쫄래 달려가는 토끼!

한 치의 망설임도 없이 동족을 물어버린다.

"뀨!"

"뀨뀨!"

어차피 둘의 레벨은 같다. 능력치도 같고 승패 여부는 누가 더 악착같이 싸우느냐의 차이! 거기서 한시민의 토끼는 선빵을 날리고 들어갔다.

한참의 전투 끝에 테이밍한 토끼가 승리를 거뒀다.

[테이밍한 몬스터의 사냥으로 경험치를 획득했습니다.]
[균등 분배 설정으로 50%의 경험치만 획득합니다.]

그리고 등장하는 홀로그램.

할 말을 잃게 만든다.

"뭐?"

토끼의 그 자잘한, 눈에 띄지도 않는 경험치 나눠 먹는 거야 상관없다.

하지만 문제는 그게 아니지 않은가!

"균등은 무슨 균등이야!"

안 그래도 레벨 업에 필요한 경험치가 억 소리 나게 많은데 거기서 또 떼어간다고? 이 무슨 프렌차이저식 약탈이냐.

고작 한 마리일 때도 50%를 떼어가는데 두 마리일 땐? 세 마리, 네 마리…… 100마리가 채워지면 한 마리당 경험치 1%밖에 못 먹는단 말인가?

"……."

상상도 하기 싫다.

필요 경험치 550%가 100배 늘어나는 지옥이 펼쳐진다는 말이니까.

"바꾸는 게 있을 거야."

암, 그렇고말고.

이런 개떡 같은 설정이 바뀌지도 않는다면 테이머들은 모두 천사나 다름없을 테니까.

"오오!"

있다, 있어.

이럴 땐 찾는 게 참 빠르다.

복잡한 홀로그램 사이사이를 뒤져 테이밍 몬스터와의 경험치 분배 설정을 찾은 한시민이 곧바로 주인 100% 획득으로 바꿨다.

아주 근시안적인 선택!

"……그런데 그럼 펫은 언제 크지?"

동시에 어째서 빌어먹을 베타고가 유저에게 경험치 획득 비율을 설정할 수 있게 두었는지 깨달았다.

어차피 모든 책임은 유저가 진다!

몬스터로 하여금 사냥하게 하고 경험치를 몰아 받는다면 레벨 업 속도는 빨라질지언정 몬스터의 성장은 멈출 수밖에 없다.

일시적으로나마 효과를 확실히 볼 수 있을 테지만 테이밍 몬스터의 스펙이 곧 캐릭터의 스펙이 되는 테이머로선 장기적으로 퇴화할 수밖에 없는 구조.

그렇다고 테이밍 몬스터에게 경험치를 몰아줬다간 더 강한 몬스터를 테이밍하는 데 오래 걸리겠지.

"와."

다른 테이머들이 징징댈 만하네.

머리가 깨질 듯 아플 것이다. 그치만 그 아슬아슬한 균형점을 잘 찾는 테이머는 쭉쭉 치고 올라가겠지.

"나는⋯⋯."

반대로 한시민은 사실 고민할 필요가 없는 문제이기도 하다. 사냥 따위 진작 포기하지 않았던가!

"우선 펫들 키우고 효도 받는다."

또 얼마나 긴 세월의 인내가 필요할지 상상도 가지 않는다. 다만 머릿속에 그려지는 하나의 그림은 그 모든 걸 감내하고 투자하기 충분하다 말해주고 있었다.

그렇게 믿고 움직였다.

동료를 구하기 위해.

초보자 사냥터에 때 아닌 구경거리가 만들어졌다.

"저거 뭐야?"

"뭔 토끼가 저래 많냐? 원래 토끼들이 저렇게 몰려다님?"

"개소리야. 게임 두 달 넘게 하면서 그런 소린 처음 들어보는데."

"그럼 저건 뭐야. 무슨 피리 부는 사나이도 아니고 저 유저 뒤로 토끼들 몰려다니는 거 봐."

"테이머인가?"

"내가 아는 테이머 있는데 그 사람은 네 마리만 데리고 다니던데?"

"그럼 뭐지 저건?"

한 명의 초보자 차림을 한 유저와 그 뒤를 따르는 수십의 토끼!

사냥터 곳곳을 누비며 계속해서 수를 쌓아가는 모습은 신기하기 그지없다.

하나둘, 자연스레 유저도 쌓였다. 저 기행의 끝은 어디일까 궁금했으니.

"뭐, 뭐야. 저 사람은. 테이머 등급이 어떻게 되기에 수십 마리를 테이밍하는 거지?"

"예? 무슨 말이에요. 그게?"

그러던 차에 테이머도 구경 대열에 합류했다. 이곳은 초보자 사냥터임과 동시에 수많은 유저가 들락거리는 성이니까.

고레벨 유저들도 잠시 휴식을 취하며 구경하던 도중이었다.

"원래 테이머들은 직업 등급에 따라 노말부터 테이밍할 수 있는 몬스터의 수가 고정되어 있어요. 유니크 등급의 테이머가 20마리라고 들었는데 저 사람은 대체……."

"그럼 최소 스페셜 등급이라는 거네요?"

"유니크까지는 2배씩 늘어난다 생각하면……."

레전더리일지도요.

테이머 유저는 감히 그 말은 내뱉지 못했다. 그게 사실이라면 너무나도 배 아픈 상황이니까.

"아니면 뭐, 돈이 썩어나는 사람이라 시작하자마자 테이밍 절대치를 높이는 약을 잔뜩 사서 먹었을 수도 있고요."

어찌 됐든 신기한 상황임엔 변함이 없었다.

토끼!

판타스틱 월드에서 가장 약한 몬스터를 저렇게나 많이 테이밍한다는 건 테이머들 사이에서 비웃음을 사도 마땅할 짓이었으니까.

해서 테이머 유저는 안심했다.

역시 이 게임은 돈만으로 하는 게임이 아냐. 제아무리 운이 좋고 돈이 많아 높은 등급의 직업을 구하면 뭐해! 저렇게 쓸 줄을 모르는데.

웅성거리는 유저들의 말 속에서도 토끼를 모는 유저의 발걸음은 멈추지 않았다.

종횡무진!

가죽 방어구를 입은 채 초보자 단검 하나를 든 모습은 영락 없는 초보 중에 초보지만 망설임 없고 당당한 발걸음은 어쩌 면 고레벨 유저일 수도 있다는 생각을 절로 들게 만든다.

"테이밍!"

"뭐, 뭐야!"

그 의심을 증폭시키는 양아치 짓까지!

토끼가 리젠되는 시간보다 테이밍하는 시간이 더 빠른 바 람에 홀로 뛰어다니는 야생 토끼의 수가 적어지자 남이 사냥 하고 있는 토끼마저 가차 없이 빼앗아버리는 인성!

남이 뭐라든지 개의치 않고 제 갈 길을 가는 마이웨이!

"저러다 한 대 맞으면 어쩌려고."

"그래도 뭐, 초보자라도 토끼 잡는 쪼렙보단 강하다 이거겠 지. 웬만한 파티라도 저 숫자의 토끼면 죽도 밥도 안 되리란 것쯤은 알 테고."

구경하던 유저들도 혀를 찼지만 동시에 웃었다.

어찌 보면 게임의 특권 아닌가.

비매너지만 그렇다고 고레벨 유저들인 자신들이 끼어서 왈 가왈부하기에도 자존심 상하는 문제다. 마치 애들 싸움에 끼 는 어른이 되는 기분이랄까.

게다가 저 정도 비매너는 고레벨 사냥터에 가면 애교 수준도 되지 않으니까.

"오빠, 저 사람이야. 저 사람이 자꾸 우리가 사냥하던 토끼 뺏어가."

"뭐? 누가 감히."

하나 모든 유저가 그렇게 생각하지만은 않는 듯했다.

토끼를 몰고 다니는 유저에게 다가가는 갑옷을 입은 남자와 초보자 셋!

"쯧쯧, 판월에서도……."

"뭐, 자기 연애 사업하겠다는데."

어떤 상황인지야 몇 마디만 들어도 파악 가능한 수준의 게임 고수들이다.

그저 토끼를 몰고 다니는 초보자에 대한 애도를 표했다.

"야! 네가 우리 혜정이 사냥 따라다니면서 방해했냐?"

"……?"

레벨로 갑질하는 것도 보기 좋은 현상은 아니지만 다른 유저의 사냥을 방해하던 유저 역시 잘한 건 없으니까.

무엇보다 남의 일이다. 세상에서 가장 재미있는 불구경과 싸움 구경을 할 기회가 생겼는데 왜 귀찮게 끼어든단 말인가!

유저들이 점점 더 모였다. 동시에 시비 거는 남자의 행태도 거세졌다.

"어디 초보자 사냥터에서 행패야. 앙? 처맞고 엄마 젖이나 더 빨다 와야 정신 차리겠어? 너 내가 누군지 알아? 빨리 혜정이한테 사과하고 인마, 그 뒤에 토끼들 다 바치면 엉아가 용서해 준다."

현실에서도 껌 좀 씹는 느낌의 말과 행동!

뒤에서 기세등등한 세 명의 초보자를 보며 한시민이 인상을 찌푸렸다.

"아, 미안요. 제가 빨리 테이밍 숫자 맞추고 사냥 복귀해야 해서요. 본의 아니게 사냥하던 거 빼앗았네요."

"그래그래, 그럼 이제 토끼들 두고 가 봐. 손해배상도 받으려 했지만 바로 사과하는 모습 보니 엉아가 오늘은 봐준다."

빠른 사과에 살짝 당황하는 남자!

비웃으며 말을 이어 나간다.

"그런데 어쩌죠? 토끼들은 제가 키워야 해서 안 되겠고 대신 돈으로 보상해 드리면 안 될까요?"

"돈?"

"네, 한 10골드면 될까요?"

"……!"

슬쩍 꺼낸 가죽 주머니에서 들려오는 찰랑거림! 언뜻언뜻 보이는 황금빛 물결!

남자의 눈동자가 흔들렸다.

그냥 데리고 노는 초보자의 쓸데없는 부탁에 귀찮음을 감수하고 오긴 했는데 이거 생각보다 대박이잖아!

10골드가 말이 10골드지 현금으로는 110만 원이다.

"그, 그래. 그 정도면 충분히 우리 혜정이도 용서해 줄 마음이 있지."

"오빠! 혼내달라니까?"

"어허! 가만히 있어. 쪽팔리게 초보자를 어떻게 패냐."

한층 공손해진 태도에 주변의 비웃음이 들려온다.

하나 공짜로 얻을 10골드의 앞에서 그 정도쯤이야!

가죽 주머니로 향하는 한시민의 손 앞에 두 손이 절로 내밀어진다.

하지만 그 때문에 남자는 보지 못했다. 한시민의 입가에 맺히는 미소를.

"옜다, 새끼야."

퍽!

"크헉!"

꺼내지는 주먹이 그대로 남자의 얼굴을 가격한다.

아주 깔끔한 펀치!

사람들의 입이 절로 벌어졌다.

미쳤다! 저런 패기라니! 죽음을 두려워하지 않는 초보자인가!

"역시 저레벨이 좋아."

"저때 패기 부려보는 거지."

다들 죽음 페널티가 없는 레벨이기에 가능한 일이라 판단했다. 그러나 그게 잘못된 생각이라는 걸 깨우치기까진 그리 오랜 시간이 걸리지 않았다.

"어?"

"저 사람 왜 저래? 설마 상태 이상?"

"에이, 초보자한테 맞아서?"

맞은 유저가 그대로 누워서 못 일어나고 있다.

쪽팔려서 그런 게 아닌 이상 의미하는 바는 하나!

"어휴, 레벨도 좀 있어 보이는데 그렇게 약해 빠져서야 여자 뒤치다꺼리 할 수 있겠어요?"

"……"

어깨를 돌리며 다가서는 한시민이 초보자가 아니라는 뜻!

구경하던 유저들이 침을 삼켰다.

뭐야, 이거 생각지도 못한 반전이 있는 거야?

한시민은 그들의 속마음을 읽기라도 한 듯 기대에 부응해 주었다.

"물어!"

"뀨뀨뀨뀨!"

누워 있는 유저를 밟은 뒤 내리는 명령.

토끼 수십 마리가 남자에게 달려들었다.

2

약간 소란이 있었지만 토끼 친구들의 도움으로 무사히 해결한 한시민은 한결 편하게 99마리의 토끼를 모을 수 있었다.

"역시 오래 끄니 별 거지 같은 것들이 알아서 털어달라고 덤벼드네."

거기에 부수입까지.

재수 없게도 죽으면서 무기를 떨군 유저에게 심심한 감사를 표하며 이동했다.

무려 2시간이나 돌아다니며 테이밍했다.

총 100마리까지 가능하지만 한 마리는 아직 15강 하지 못한 알을 위한 자리!

"알도 15강 해야 하는데."

부화하는 방법도 찾아봐야 하고.

할 일이 태산처럼 많다.

사실 돈만 아니었으면 지금쯤 대륙 곳곳을 누비며 열심히 강화를 하고 있었을 것이다.

하나 무엇보다 돈이 우선이기에 일단은 잊지 않고 있는 것에 만족했다.

스페셜리스트가 50을 찍고 나면 메인 퀘스트를 진행할 테니 그때 여유가 좀 생기겠지.

토끼들을 데리고 귀환하는 한시민의 발걸음이 한층 빨라졌다.

빨리 귀환해서 그동안 토끼나 키워야지.

4시간이 채 되기 전에 도착한 한시민이 사냥터 초입에서 자리를 깔고 앉았다. 안에 아직 실드인지 뭔지 모를 유저들이 남아 있을 수도 있다.

선택해야 하는 상황!

들어가서 있다면 정리할 것인가 아니면 스페셜리스트가 오길 기다릴 것인가.

"기다리자."

잠시 고민하다 결정했다.

아무래도 귀찮았다. 짭짤한 부수입이야 얻을 수 있겠지만 지금은 그보다 새로운 장난감에 흥미가 더 많았으니까.

"어디 보자."

그의 뒤에 오와 열을 맞춰 앉아 있는 99마리의 토끼를 보며 망치를 꺼내 든다.

과연 펫도 강화가 될까? 된다면 어떤 식으로 효과가 발휘될까?

의문과 동시에 큰 기대는 않는다.

자유도가 현실보다 높은 게임이라도, 3차 각성까지 한 상태라 해도 아직까지 신체의 강화는 되지 않는 것으로 보아 다른 생명체 강화 역시 되지 않을 확률이 높았으니까.

그럼에도 시도해 보는 건 토끼가 한시민의 테이밍된 몬스터이기 때문이다.

어쩌면, 소유물로 인정된다면 스탯과 레벨이 있는 하나의 '아이템'일 수도 있으니까.

"일로 와봐."

손짓과 함께 한 마리의 토끼가 다가온다.

조심스럽게 잡고 망치를 내려친다. 왠지 모를 죄책감이 몰려오지만 생각하는 그런 나쁜 짓이 아니니까.

"후."

죽진 않겠지?

강화하겠다는 마음을 잔뜩 담아 토끼에게 시도했다.

퍽!

"뀨!"

하나 역시는 역시. 별다른 반응은 오지 않았다.

"쳇."

이렇게 좋은 방법이 처음부터 통할 리 없지.

기대는 않았지만 어쩔 수 없는 실망감은 찾아왔다. 강화만 됐다면 판타스틱 월드 최약체 몬스터인 토끼일지언정 끝까지 열심히 키워볼 자신이 있었는데.

"나중에는 되겠지."

하나 포기하진 않았다. 아직 3차 각성밖에 안 했고 시간이 흐르고 전설의 강화사의 진면목을 전부 발휘할 때가 된다면 그가 생각하는 방법이 통할지도 모른다. 게다가 그때까지 사용할 차선책도 이미 마련해 둔 상태다.

"어디 보자, 토끼가 99마리. 하나에 30골드씩 들어간다 치면……."

3천 골드! 3억 3천만 원.

"……."

미간이 찌푸려졌다. 예상은 하고 있었지만 역시 테이머는 돈이 많이 드는 직업일 수밖에 없다.

토끼를 놓아주며 누워 잠시 눈을 붙였다.

어차피 나갈 돈. 미리 스트레스 받지 말자.

그렇게 쉬다 보니 정설아에게서 문자가 왔다.

—저희 들어갈게요.

다시 수금 시간이구나.

사냥터로 향하는 한시민의 뒤를 99마리의 토끼가 따랐다.

"아니, 이게 다 뭐야?"

"웬 토끼가……."

"오셨어요?"

접속한 스페셜리스트 눈앞에 펼쳐진 토끼 밭!

자연스레 시선이 다크서클이 짙게 내려온 한시민에게 향했다.

"오빠, 안 잤어?"

"잘 시간이 어디 있냐, 폐인한테."

"와, 독하다. 독해."

혀를 차는 동시에 의문이 든다.

"근데 웬 토끼야? 오빠 원래 강화사 아니었어?"

"보조 직업이야."

"……참 보조 직업도 거지같은 거 골랐네."

내가 고른 거 아니다.

한숨이 절로 나오는 사실에 반박하지는 못하고 무시했다. 그래도 어찌 됐든 이제 한솥밥을 먹게 될 토끼들인데 나라도 열심히 사랑해 주고 아껴줘야지 어디 가서 대접이라도 받지 않겠나.

"근데 테이밍할 거면 좀 괜찮은 걸로 고르지 하필 토끼야?

데리고 다니다가 죽지 않으면 다행이겠네."

"나도 마음 같아선 드래곤 200마리 정도 데리고 다니고 싶은데 레벨이 안 돼. 그리고 열심히 키우면 다 쓸고 다닐 날이 언젠가 올 거야."

"풉."

그래, 마음껏 비웃어라. 지금은 비록 아무 쓸모없는 토끼 떼지만 나중엔 고레벨 사냥터를 휩쓸고 다닐 완벽한 부대를 만들 테니까.

"사냥은 토끼들 데리고 하실 거예요?"

"네, 제가 알아서 지킬 테니 신경 쓰지 말고 사냥하세요."

자식 키우는 부모의 심정이 이런 걸까. 혹여 사냥에 방해는 되지 않을까 노심초사하는 눈빛에 신경 써야 하다니!

고개를 끄덕이며 여전히 오와 열을 지키고 서 있는 토끼들을 신기한 눈빛으로 바라보는 스페셜리스트가 사냥을 재개했다.

4시간밖에 취하지 못한 수면은 피로를 누적시키고 건강을 해치지만 비싼 돈 주고 구입한 캡슐은 그나마 접속 중인 유저를 반수면 상태로 만들어 그에 대한 문제를 해결해 준다.

"오늘도 지겨운 사냥을 시작해 봅시다!"

강예슬의 파이팅 넘치는 구호! 동시에 마주치는 망키들! 오늘 40레벨을 달성하면 곧바로 사냥터를 옮길 생각이기에 마지막 만남!

상쾌한 기분으로 첫 번째 망키를 사냥했다.

['+15 헌신하는 축복의 반지' 옵션 2 적용 효과 +20%]

"응?"

그리고 등장하는 반지의 버프.

망치를 휘두르던 한시민의 손이 멈칫했다.

뭐지?

처음 보는 홀로그램은 아니다. 그동안 당연하게 등장했기에 신경 쓰지 않았을 뿐. 한데 지금 나타난 수치는 매일 보던 것과는 조금 달랐다.

"왜?"

"뭐가 왜야?"

"시민 씨, 무슨 일이에요?"

질문에 답하지도 못한 채 아이템 정보를 열었다.

옵션 2번이 뭔데 갑자기 20% 추가 경험치를 주는 거지?

* 옵션 2: '짙은 붉은 오라' 효과 적용

 -'레어' 등급 이상 아이템 드롭 확률 +20%

 -레벨 차이 10 이상 몬스터 처치 시 추가 경험치 +5%

–스페셜 오라 적용 대상당 경험치 보너스 +1%(최대 20)

"아!"

스페셜 오라 보너스 경험치가 20%라는 뜻이구나.

그런데 왜?

원래 3% 아니었나.

"……."

주위를 둘러보니 이유는 쉽게 나타났다.

뒤에서 그만을 바라보고 있는 99마리의 토끼. 4시간 전과 지금, 달라진 건 그것뿐이다.

"뭐야, 오빠? 이거 왜 갑자기 20%로 늘었어?"

"그러게요. 이거 때문에 그러시는 거 같은데."

뜬금없는 건 스페셜리스트 역시 마찬가지였다. 경험치 보너스가 느는 건 좋지만 영문 모르는 호의는 언제나 찝찝하게 마련이니까.

"와, 왜 갑자기 20% 늘었는지 몰라도 그럼 몇 퍼 증가하는 거야?"

"17퍼 늘었으니 최소 35% 더 먹는 거 아닌가?"

"……대박!"

당연히 생각지도 못했던 행운!

잠시 고민하던 한시민이 돌연 외쳤다.

"자! 주무시는 사이에 업데이트된 서비스. 어떠십니까. 단돈 10만 원 추가에 경험치 40%가량을 추가로 드립니다!"

"……."

대체 이 남자의 매력은 어디까지일까.

침묵은 한동안 지속됐다.

원래 처음이 어렵지 그다음부턴 뭐든 쉬운 법.

한번 돈을 쓰기 시작한 스페셜리스트는 추가 경험치라는 말에 큰 고민 않고 결정을 내렸다.

"오빠, 그냥 해주면 안 되겠지?"

"토깽이들아, 집에 가 있어."

"아, 알겠어. 주면 되잖아."

시급 10만 원 인상.

어차피 50레벨까지 누구보다 빠르게 달릴 예정이기에 가능한 선택이다. 돈은 나가겠지만 결코 손해는 아니다.

한시민의 펫들도 스페셜 오라를 적용받는 대상으로 포함되는 게 신의 한 수!

입가가 절로 말려 올라간다.

개똥도 쓸데가 있다더니.

한층 의욕이 상승했다. 뭔가 레벨 업 하는 기분이랄까.

시급이 120만 원에서 150만 원으로 상승한 기분이란.

잠도 안 자고 24시간 넘게 게임 중인데 이상하게 피로가 회복됐다. 해서 더 열정적으로 사냥에 임했다.

"죽어! 죽어!"

망치를 휘두를 때마다 오르는 경험치는 티도 나지 않을 만큼 적지만 한두 마리를 잡자마자 눈앞을 가로막는 토끼의 레벨 업을 알리는 수십의 홀로그램은 뿌듯함을 느끼게 한다.

이대로만 커다오. 비록 주인은 빌어먹을 저주에 걸려 죽도록 사냥해도 레벨이 도무지 오를 생각을 않지만, 다행히 너흰 저주를 공유하지도 않는 주제에 비싼 축복의 반지 효과는 공짜로 받는구나.

아니꼬운 눈빛으로 토끼들을 노려보며 머릿속에 적어두었다. 천하의 한시민이 팔자에도 없는 공짜 버스를 몬스터 상대로 태우다니. 절대 있어서는 안 될 일이다. 언젠가 이 값을 받아내리라.

사냥은 계속되었다.

3

반복되는 일상은 군 생활만 아니면 날짜를 가늠할 수 없을 정도로 빨리 흘러간다.

하루, 이틀.

게다가 날짜 단위로 세면서 게임을 하는 게 아니라 레벨 업 타이밍을 잠깐의 숨 고르기 타이밍으로 생각하는 판타스틱 월드 유저들이라면 더더욱.

1주일이라는 시간이 흘러 스페셜리스트는 결국 레벨 랭킹 1위를 탈취했다.

그뿐 아니라 사냥터를 바꿔 속도가 떨어지지 않는 위엄을 보여주었고 당당히 41레벨을 찍어 이제는 4위가 된 켄지와의 레벨 격차를 1레벨 이상 만들었다.

과연 돈의 힘.

고작 2주 만에 이런 쾌거를 만들어낸 한시민은 스페셜리스트에겐 거의 영웅이나 다름없었다.

"와, 1등이 이런 느낌이구나. 시민 오빠, 솔직히 나 지금까진 돈 쓰는 거 아깝다고 생각했는데 이렇게 1등 하니까 다르네. 완전 대박이야."

그리고 놀랍게도 동렙인 셋 중 1등을 차지한 자는 강예슬!

스페셜 등급의 직업임을 생각해 보면 의외의 결과였지만, 그 의아함은 그녀의 말에서 쉽게 해결됐다.

"이거 막 몬스터 죽인 시체에서 영혼을 빨아들여 추가 경험 치를 얻는다는데?"

"……."

전직한 지 어언 2달이 넘어가는데 이제야 밝혀지는 진실!

그만큼 스페셜 등급의 직업에게 주어지는 페널티와 추가로 얻는 경험치의 양이 근소한 차이를 보인다는 뜻이겠지만 어쨌든 시간이 흘러 그 작은 차이는 강예슬을 셋 중 최고 레벨이라는 명예를 가져다주었다.

"그사이에 토끼들도 많이 성장했네요."

"네, 벌써 28레벨이네요."

5레벨로 시작해 경험치를 나눠 먹음에도 이런 성장이다.

축복의 반지가 얼마나 대단한지 다시 한번 보여주는 지표!

더 놀라운 사실은 그동안 한시민의 레벨은 고작 3밖에 오르지 않아 토끼보다 낮아졌다는 것.

하나 이제 그런 것엔 연연하지 않았다.

그저 뿌듯할 뿐이다. 현재 그의 머릿속에 있는 계획을 실행하려면 무엇보다 토끼들의 성장이 최우선적으로 이뤄져야 하니까.

게다가 오늘은 가만히 서 있는 토끼들에게 변화가 생기는 날!

"무슨 토끼한테 방어구야. 무서워, 저 오빠."

"섭섭한 소리하네. 방어구에 이빨 무기까지 꼈다."

"으, 극혐. 저런 게 뛰어다니면서 사냥한다고 생각하니 소름 돋아."

피식.

소름만 돋을 게 아닐걸? 아직 준비는 반도 안 됐으니까.

진짜 소름은 99마리의 무장한 토끼의 장비가 전부 15강이 되는 날이다.

"하아."

들어간 돈만 생각하면 역시 한숨부터 나온다.

생각보다 많은 돈이 들어갔다. 토끼 방어구라는 듣도 보도 못한 것을 맞추려니 대장간과 재봉소에 직접 맞춤 제작을 요구해야 했고 추가적인 비용이 더 들었다. 이왕 쓰는 거 좀 좋은 걸로 해주자 싶어 원단과 재료를 비싼 걸로 고르다 보니 훨씬 뻥튀기 됐고.

아무 강화도 안 된 방어구와 이빨의 값이 한 마리당 100만 원이라면 누가 믿겠는가.

당장 그 사실을 아는 사람이 달려와 토끼들을 학살하고 다니면 한시민은 진심으로 한강 수온을 확인하러 다닐지도 모른다.

"저는 내일 사냥엔 빠질게요."

"네."

해서 마음이 조급해졌다.

정산은 50레벨을 찍고 받을 생각이었지만, 한시민은 생각을 바꿔 지금껏 쌓인 돈을 미리 받았다.

강화부터 하리라.

그렇게 사냥을 마친 한시민이 곧바로 강화소로 향했다.

"오늘을 대강화의 날로 엄포하노라!"

개소리를 지껄이며.

몇 주 만에 갖는 휴식!

스페셜리스트는 이 중요한 시기에 하루를 빼먹는 것에 대한 상당한 아쉬움을 표했지만 주종 관계가 아닌, 어찌 보면 돈을 왕창 받아내면서도 갑은 한시민인 이 교묘한 관계에서 가지 말라 강제할 수 있는 이는 없었다.

하루 정도야 그냥 자기들끼리 사냥해도 경험치가 안 들어오는 것도 아니고.

언젠간 다시 적응해야 할 문제다. 평생 돈을 내고 경험치 보너스를 받을 순 없으니.

게다가 곁에서 지켜본 그들 역시 반쯤은 기대하고 있었다. 토끼들의 변신을!

레벨이 오른다고 한들 겉으로 보이는 건 오와 열을 정비한 채 한시민의 뒤만 졸졸 쫓아다니는 모습뿐이니 별 감흥이 없지만, 새로 착용한 방어구와 무기를 보니 새삼 투자하는 게 느껴졌다.

거기에 15강을 하면 어떤 일이 벌어질까?

철천지원수라도 궁금할 것이다.

붉은 오라를 온몸으로 뿜어내며 사냥터를 휩쓰는 토끼!

아니, 사냥터만이 아닐지도 모른다.

"토끼 부대 만들면 그냥 개기는 새끼들 바로 가서 죠져 버리려고요."

토끼 주인이 웃으며 던지고 간 살벌한 한마디가 현실로 벌어질지도 모른다. 다른 이도 아닌 한시민이 한 말이니까.

스페셜리스트는 현실이 될 확률이 높다고 확신했다. 애초에 마음에 안 든다며 망치부터 날리는 놈이지 않은가.

"이거 최종 보스 주변에 호위까지 생기면 어떻게 뚫지?"

"……."

현재 토끼 한 마리의 레벨이 전체 유저 평균 레벨과 비슷하다.

28!

99마리가 한시민의 경험치에 기생해 나눠 먹지만 가만히 앉아 먹는 경험치가 그들의 레벨로는 감히 상상할 수도 없는 레벨대의 몬스터라는 점, 그리고 축복의 반지 효과를 고스란히, 몬스터 주제에 누린다는 점은 성장에 커다란 기여를 했다.

유저들의 레벨과 비례해 성장한다고 가정하면 장비빨을 세우는 순간 유저보다 강한 토끼 군단이 완성되겠지.

"무섭다. 그런데 궁금하다."

"그러게."

흥미를 느끼는 건 한시민을 길드원으로 둔 스페셜리스트만의 특권! 적어도 돈을 떼먹거나 훔치지만 않는다면 언제까지라도 그들의 곁에 있을 테니까.

"사냥이나 하자."

말도 안 되는 방식으로 게임을 플레이하는 한시민보다 유일하게 나은 점이라면 역시 레벨!

틈만 나면 레벨이 안 오르네 뭐네, 징징대는 그보다 레벨이라도 높아야 나중에 아예 넘지 못할 벽이 만들어져 좌절이라도 안 하지.

불과 몇 시간 만에 눈에 보일 정도로 줄어든 경험치 획득량에 축 처진 어깨로 스페셜리스트가 사냥을 시작했다.

한시민이 강화소에 도착했을 때 이미 그곳엔 수많은 사람이 있었다.

아인 왕국 내에선 나름 강화 효과가 알려져 있었다. 판월 커뮤니티에 올린 스크린 샷 덕분에 인지도가 높아진 것이다.

하지만 여전히 낮은 유저들의 레벨과 양심 없게 올라가는 골드 값, 그리고 유저들이 아직은 구할 수 없는 강화석의 가격이 1골드로 고정이라는 점을 미루어 볼 때 이곳에 모인 사람들의 수는 꽤 많은 숫자였다.

그렇다는 건 이들은 유저가 아니라는 뜻!

"스승님, 다 온 거예요?"

"그래, 가문별로 중요 결정권을 갖고 있는 놈들만 모였다."

불만 섞인 눈빛이 쏟아지는 걸 느끼며 한시민이 웃었다.

오늘의 모임은 그가 개최한 것!

제국에서 있었던 이런저런 일들 때문에 잠시 잊었지만 성에 돌아와 문득 떠오른 기억은 그의 귀신같은 돈벌이 후각을 자극했고, 그가 곧장 칸에게 부탁하도록 했다.

당연히 웬 풋내기 모험가 강화사 하나가 부르면 올 리가 없기에 황제까지 팔았다.

오지 않으면 찾아가 다 죽이겠다!

말도 안 되는 허세지만 이미 강화사들의 축제에서 황제에게 신임을 받고 사위가 되었다는 소문이 강화사들 사이에 쫙 퍼진 상황이라 다들 불만을 갖고 있음에도 나올 수밖에 없었다.

"후후."

그걸 알기에 턱이 절로 추켜세워진다.

별 관심도 생기지 않는 이들이기에 하마터면 잊고 살 뻔했네.

100의 호갱이 있어도 새로운 하나의 호갱을 놓치지 말라!

"자, 다들 강화석은 가지고 왔죠?"

"……강화석은 왜 가지고 오라 한 것이오!"

"아무리 황제 폐하의 사위라도 다른 왕국 소속인 우리를 오라 가라 하다니!"

"너무한 것 아니오!"

새파랗게 어린놈의 갑질에 자존심을 펴는 강화사들!

"이 아저씨들이 가문이 멸족당하고 평생 구걸이나 하면서 빌어먹게 살아봐야 정신을 차리려나. 기껏 귀찮으면 다 죽여 버리라는 폐하를 설득하고 또 설득해서 살려놨더니 이러는 거 봐라. 역시 옛말에 검은 머리 짐승들은 거두는 게 아니라더니."

"……?"

"안 되겠다. 다시 가서 말해야겠다."

"자, 잠깐!"

하나 한시민의 배짱에 비할 바는 아니었다. 황제에게 막말하는 간덩이가 고작 강화사들에게 쫄겠는가!

한 치의 망설임도 없이 등을 돌려 문을 여는 모습에 강화사들은 그를 붙잡을 수밖에 없었다. 어찌 됐든 뒤에 황제가 있다는 사실은 변하지 않으니까.

　설마 다 죽이겠냐는 상상 또한 대륙의 폭군이었던 황제를 생각해 보면 전혀 불가능한 일도 아니다.

　현실적으로 강화 확률을 높이고 제 맘대로 강화할 수 있는 강화사가 나타난 현실에 그저 행운에 맡기는 기술 하나만 들고 있는 강화사들을 지켜줄 필요도 없었고.

　물론 천년만년 한시민이 살아 있진 않겠지만 그가 속한 칸 가문은 남아 있지 않은가!

　100명 남은 강화사가 줄어 20명이 된다 한들 무슨 차이가 있으랴.

　그것까지 생각한 강화사들은 빌었다.

　"감사합니다. 살려주셔서 감사합니다."

　"그렇죠?"

　"예, 저희의 불경함을 용서해 주시옵소서."

　"한 번만 용서해 주신다면 조용히 잘 살겠습니다."

　평생 고개 빳빳이 들고 살던 이들의 몰락!

　하지만 이런 모습이나 보자고 이들을 부른 게 아니다.

　언제나 그렇듯 사과는 돈도 안 되는 입바른 소리! 돈이 안 되는 사과를 받을 리가 없다.

　"자, 그럼 여러분을 부른 진짜 이유를 말씀드릴게요."

　"......?"

"밖에 보이시죠? 제 99마리의 토끼."

영업용 미소를 장착한 채 강화소의 문을 연다.

11마리씩 정렬해 서 있는 토끼들과 그 주변에서 신기한 듯 스크린 샷, 동영상을 찍는 유저들.

성안에서 보기 힘든 진풍경에 강화사들의 표정이 어리둥절했다.

저걸 왜 보여주는 거지? 이 타이밍에 토끼가 왜?

그들의 의문을 한시민이 시원하게 풀어줬다.

"제 토끼들인데 데리고 다니면서 좀 불안한 거예요. 죽을 거 같기도 하고. 그래서 큰돈을 투자해 방어구랑 무기를 좀 맞춰놨는데 아무리 그래도 그렇지, 강화사가 데리고 다니는 토끼인데 무구 강화를 안 할 순 없잖아요?"

그러니까 그거랑 우리랑 무슨 상관인데.

말은 못하지만 표정이 조금씩 굳었다. 아직 본론은 나오지 않았지만 오랜 연륜은 뒤에 무슨 말이 나올지 대충은 예상하게 만들었으니까.

"그런데 이게 한 마리당 두 개고, 99마리니까 강화석이 좀 많이 필요한 거예요. 돈이야 충분히 있지만 아시다시피 저희 모험가는 골드 구하는 게 아직까지 힘들어서 여러분의 도움을 구하고자 이렇게 불렀습니다!"

짜잔!

하지 말라는 수십의 눈빛에도 불구하고 당당히 용건을 밝힌 한시민!

대놓고 삥 뜯겠다는 말에 강화사들이 슬금슬금 눈치 봤다.

대체 왜 강화사가 토끼들을 데리고 다니면서 키우는지에 대한 의문 따윈 이제 아무런 소용이 없어졌다.

중요한 건 하나!

어떻게 이 상황을 타개해 나갈 것인가.

"아! 물론 공짜로 양심 없이 뜯어가겠다는 말은 아닙니다. 가져오신 강화석들을 미리 받고 나중에, 천천히 골드를 구하는 대로 조금씩 '변제해 나가도록 할 생각인데, 다들 어떻게 생각하시나요?"

"……."

이런 미친 새끼야!

강화사들의 공통된 마음이리라.

그래도 황제의 이름을 팔아 부르기에 찝찝하면서도 가문에 구비되어 있는 강화석들을 다 긁어모아 왔는데 이런 의도였다니.

"너무한 거 아닙니까!"

"네?"

그중에서도 1,000개 이상의 강화석을 가져 온 가문에서 결국 발끈해 나섰다.

1,000개면 1,000골드다.

제아무리 돈을 긁어모으는 강화사라 한들 결코 무시할 수 없는 금액!

세상엔 그걸 뜯기느니 위험을 무릅쓰겠다는 용기를 내는 이가 많다. 한시민도 그런 이들 중 하나고.

해서 누구보다 잘 안다.

"결국 받아가고 나중에 주겠다고 차일피일 미루면서 주지 않으리란 걸 여기 있는 사람 누가 모를 것 같습니까!"

끄덕끄덕.

이런 하나의 선발 주자가 가져오는 분위기를!

그래서 슬쩍 품에서 꺼냈다.

"이거까진 안 꺼내려 했는데……."

"헉!"

"저건!"

통짜 순 미스릴로 만든 황제의 패!

강화사들 사이에서 헉 소리가 났다.

가격도 가격이지만 저 패가 의미하는 바는 확연히 다르다. 황제를 등에 업은 모험가 놈의 치기 어린 배짱 따위로 생각해서는 안 된다는 뜻! 저 패가 곧 황제다.

"목숨 살려놨더니 조금 도와달라는 것도 싫다며 날 쓰레기로 모는 분은 깔끔하게 죽여 드려야죠, 뭐."

"……!"

동시에 황제가 진짜 뒤에 있는 양 어깨를 펴며 15강 단검을 꺼내 든다.

공격력이야 망치가 더 높지만 지금은 시각적 효과를 높여야 하는 상황!

특히 강화사들에게 망치는 강화의 신물일 뿐이기에 단검이 주는 공포가 훨씬 크다.

"아, 아니, 그게……."

앞으로 나선 강화사가 당황해하며 물러섰다.

설마 저게 있을 줄이야. 그저 이름뿐인 사위인 줄 알았거늘!

"싫으신 분들은 지금 당장 나가세요. 저도 같은 강화사만 아니었다면 어떻게 되든 말든 신경도 안 썼을 텐데. 마음이 불편하네요."

그게 끝이었다.

눈치를 보던 강화사들이 가지고 온 강화석 꾸러미들을 슬금슬금 가지고 앞으로 나섰다.

"저희 가문은 3대에 걸쳐 나눠 갚으셔도 됩니다."

"저희는 반값만 받겠습니다!"

"저희는 돈도 필요 없습니다. 그저 살려주신 은혜를 갚고자 챙겨 왔을 뿐입니다."

살고자 하는 눈물겨운 을들의 태세 전환에 칸은 허탈한 웃음을 지었다. 보면 볼수록 제자 놈은 악마 같다.

"스승님, 이쪽 가문에서 가져온 강화석 개수가 조금 부족한데 개당 2골드에 조금 파시죠."

"……."

아니, 악마다.

원래 한시민이 가지고 있던 강화석은 75개.

기기서 4천여 개가 늘었다.

"……이렇게 많이 받을 줄은 몰랐는데."

얼떨떨한 표정의 한시민은 행복에 겨웠다.

필요 강화석은 3,000개였다. 한시민은 강화사들에게서 1,000~1,500개 정도의 강화석을 뜯을 수 있을 거라 예상했었다. 그만큼만 해도 충분히 많은 양이다. 그런데 그 이상을 받았다. 돈 또한 전부는 아니지만 천천히 조금은 갚을 생각이었는데 다들 받기를 거부하다니.

"착하게 살아서 그런가."

그게 아니라는 것쯤은 본인이 더 잘 안다. 그렇다면 역시 손에 들고 있는 미스릴 패 덕분이겠지.

"황제가 대단하긴 하구만."

유저에게 들이밀었다면 씨알도 먹히지 않았을 생쇼였다. 되레 만나서 현피를 뜨자며 바득바득 덤벼들지나 않았으면 다행.

어쨌든 받은 돈을 최대한 골드로 바꾸며 강화를 준비하던 차에 들려온 희소식은 한시민의 발걸음을 가볍게 만들었다.

"강화만 편하게 하면 되네."

이 얼마나 편한 과정인가!

모든 게 준비되어 있고 요리만 하면 되는 셰프의 느낌이랄까? 거기다 준비된 재료는 모두 공짜로 협찬까지 받았다.

"가자, 얘들아."

뭣도 모르는 토끼들이 쫄래쫄래 따라왔다.

아직 피를 나눈 전투나 등을 지켜주는 전우애 같은 것을 보여준 적이 없어 유대감은 잘 모르겠지만 전설의 레전드 테이머 스킬로 테이밍된 몬스터들이라 그런지, 그도 아니면 뇌가 살짝 부족한 토끼들이라 그런지 말 하나는 기가 막히게 잘 들었다.

딱 한시민이 원하는 유형의 펫!

그런 그들을 위해서라면 강화 노가다쯤이야.

"24시간 동안 강화도 해봤는데. 금방 끝나겠지?"

하나 한시민은 기쁜 마음에 간과하고 있었다.

제국에서 했던 노가다는 그 자리에 앉아 성공하든 실패하든 망치만 두드리면 됐던 것에 비해 지금 하려는 노가다는 반드시 성공해야 하는 강화라는 사실을.

3

—설아 씨, 아무래도 며칠 더 필요할 거 같아요. 죄송해요.

"아니에요. 어차피 랭킹은 당분간 뒤집힐 일 없으니 천천히 일 보고 오세요."

다음 날 온 연락에 정설아가 알았다 답했다.

"뭐야, 언니. 거기서 알았다고 하면 이렇게 해!"

"어쩔 수 없잖아. 오라 한다고 올 사람도 아니고."

"그건 그러네."

"대체 얼마나 강화하는 데 며칠이나 필요하다는 거지? 홀로그램도 안 뜨잖아."

"전부 15강 하신다고 했는데 잘 모르겠어."

바로 옆에 있으면 어떻게든 설득해서 사냥에 합류시킨다 해도 지금은 어디 있는지조차 모르는 상황이 아닌가. 말한다고 들어 처먹을 사람도 아니고 한시라도 빨리 오길 바라는 수밖에 없다.

"어휴, 하여튼 시민 오빠만큼만 자유롭게 살면 세상 사람들 참 스트레스 없이 살 거야."

투덜대는 강예슬.

"네가 딱히 할 말은 아닌 듯한데?"

받아치는 정현수.

한 명이 빠졌어도 그들의 호흡은 어디 가지 않았다.

지금껏 받은 많은 경험치는 보너스였을 뿐이다. 그걸 알기에 투덜대는 입과는 달리 손은 묵묵히 몬스터를 처치하고 있다.

"재미있다."

"……."

가끔 가다 거는 주문도 어쩌면 효과가 있을지도 모르고.

"우씨, 게임 판타지 소설 같은 거 보면 이런 지루한 사냥은 패스하던데 판타스틱 월드엔 그런 거 없나?"

"그런 서비스가 있을 거였다면 캐시샵부터 만들었겠지."

"그건 그래. 또 이렇게 노가다 하면서 조금씩 키우는 맛이 있어야지."

"난 지겨운데."

"으악! 맞아! 지겨워! 지겨워 죽겠어! 젠자아아아앙!"

물론 왔다 갔다 하는 성격은 덤!

뭔가 변화가 필요해!

"언니, 사냥터를 옮기면 안 돼?"

"응."

"아니, 왜 운동도 그러잖아. 세트로 돌아가면서 하나씩, 지루하지 않게."

"응, 안 돼."

"차라리 누가 와서 시비라도 걸었으면 좋겠다. 그럼 시원하
게 싸우고 한 이틀 또 열심히 사냥할 수 있을 텐데."

두리번거리며 혹시 지나다니는 행인이 없나 살피는 강예슬
의 행색은 초췌 그 자체였다.

어쩔 수 없다. 좋아서 하는 게임이지만 무엇이든 돈이 걸리
고 목표가 생기면 그 재미는 반감될 수밖에 없으니까.

지금이라도 원하는 재미만을 추구하고 싶다면 사냥을 포기
하면 되긴 하지만 그건 또 길드 설립의 의미를 잃는 일이 된다.

평생 가질 거 다 가지며 살아온 그녀에게 이런 동기 부여가
어디 쉽겠는가!

"아, 지겨워. 쇠약! 하기 싫다. 속박!"

이를테면 추임새인 셈이다. 입이라도 쉬지 않고 놀려야 그
나마 힘이 좀 나니까.

그런 그녀의 바람을 하늘이 또 한 번 들어주었다.

"저기 있습니다!"

"……어디선가 많이 본 거 같은 그림이라는 건 그냥 느낌적
인 느낌일 뿐이겠지?"

"아닌 거 같다."

"하아."

셋의 한숨이 절로 뒤섞인다.

어떤 게임을 하든 늘 느끼는 거지만 바람 잘 날이 없다.

그래도 판타스틱 월드에선 나름 많은 시간 조용히 지냈다고 생각했었는데.

이제 시작인가 보다.

"뭐 하는 놈들인지 얼굴이나 보자."

"그때 그 실드 아냐?"

"그럴 확률이 가장 높긴 한데……."

원한이야 두 번이나 죽은 실드 길드도 깊지만 메인 퀘스트 1막을 빼앗겼던 유저들도 만만치 않으리라.

그 이후에야 2막을 준비하느라 조용했다고 쳐도 슬슬 정체기가 오면 사람들은 다른 곳으로 눈을 돌리게 마련이니까.

게다가 판타스틱 월드는 저레벨 유저들을 PK 하고 떨구는 아이템만 주워다 팔아도 수입이 짭짤하다. 오죽하면 전문 PK범들이 모여 만든 길드가 하나둘 모습을 드러내는 추세겠는가.

"그런 곳은 아니겠지?"

"그런 애들은 생각이 있다면 우리가 아니라 저레벨 털겠지."

그럴듯한 추리고 또 등장하는 숫자가 그걸 증명해 주었다.

"……뭐 저래 많아?"

"미친 거 아냐?"

"실드 때보다 훨씬 많은 거 같은데?"

150명이 모였을 때도 도망칠 구멍이 보이지 않을 정도로 빽빽한 포위망이 형성됐었다. 그런데 이번엔 그보다 더 많다. 수도 더 많고 표정도 더 진지했다.

"……"

동시에 사태의 심각성을 인지했다.

확실한 건 불특정 다수를 상대하는 PK 길드도, 실드 길드도 아니라는 것.

갖춰진 아이템 자체가 그때 보았던 실드 길드원들과 차원이 다르다. 오라는 보이지 않지만 강화 또한 기본 7-8강 정도는 되어 있으리라.

대체 뭐지? 왜 갑자기 우릴 노리는 거지?

"안녕들 하십니까?"

그런 유저들의 사이를 뚫고 화려하기 짝이 없는 장비를 착용한 켄지가 나타났다.

"누구세요?"

물론 스페셜리스트는 처음 보는 사람!

"……켄지라고 합니다."

자존심이 상했지만 떨리는 입꼬리를 부여잡고 자신을 소개했다.

그래, 뭐. 모를 수도 있지.

레벨 랭킹을 매일같이 열어보는 유저일 게 분명하지만!

자기 랭킹만 확인하고 다른 유저 따위 조금도 신경 쓰지 않는 사람이야 널리고 널렸으니까.

"켄지가 누군데요?"

"……."

하지만 상상 이상으로 타인에게 관심이 없는 강예슬에겐 이름만으로 자신을 알아달라는 어필은 소용없었다.

미묘한 상황. 여기서 설명하자니 구차해지는 것 같고 그렇다고 말하지 않고 다짜고짜 공격하자니 삐져서 치는 것 같고.

켄지의 시선이 옆으로 향했다. 이럴 때 나서라고 고용한 보좌관이 아닌가!

눈치를 받은 보좌관이 앞으로 나왔다.

"랭킹 1위셨던 켄지 님이십니다."

"아아!"

그제야 알아차린 스페셜리스트.

동시에 여기 모인 유저들의 용무를 알아챘다.

"복수하러 왔구만."

정현수가 비꼬았다.

뻔하다. 레벨이 곧 돈인 세상에서 따라잡을 수 없다면 상대방을 무너뜨리는 게 어쩌면 당연하고도 현명한 선택일 수 있으니까.

게다가 전 랭킹 1위라면 돈을 처바르며 레벨을 올리기로 유명했던 유저가 아닌가!

"굳이 부정하진 않겠습니다. 어차피 게임이니까요."

"게임치곤 너무 목숨 걸고 하는 거 같은데?"

"그거야 그쪽도 마찬가지 아닙니까?"

"……"

그러네.

시간당 150만 원씩 주고 경험치 버프를 받는 스페셜리스트 역시 제삼자가 보기엔 제 정신이 아닐 것이다. 그렇게까지 해서 고작 몇 레벨 앞서가고 싶냐 하는 사람도 많겠지.

해서 의미 없는 논쟁은 그만두었다.

"그럼 볼일 보자고."

"잠깐, 묻고 싶은 게 있습니다."

"……?"

"싸울 생각이었다면 굳이 이렇게 시간 낭비하진 않았겠죠. 단도직입적으로 묻겠습니다. 그쪽의 레벨 업 노하우를 사고 싶습니다. 값은 얼마든지 쳐주죠. 단지 공유하는 개념으로만 비용을 지불하겠습니다."

갑작스러운 제안!

정현수가 가운데 손가락을 치켜세웠다.

"공유하고 싶은 마음도 없고 공유할 방법도 없으니 말 길게 하지 맙시다."

"꺄! 현수 오빠 이럴 땐 완전 카리스마."

쓸쓸하지만 뭐, 어찌 됐든 같은 길드원이니까.

마음 같아선 돈을 쪽쪽 빨아가는 빨대를 저쪽에다 내다 꽂아버리고 싶다. 하지만 그랬다간 여동생에게 바가지를 10년 동안 긁혀야 하기에 인상을 찌푸리고 거절했다.

"역시. 보좌관의 말이 맞나 보군요. 경험치 아티펙트."

"……!"

하나 그런 반응은 켄지에게 확신을 주었다.

그건 곧 쐐기였다.

"그럼 마음 편히 죽일 수 있겠군요. 죽이고 죽이다 보면 떨어지겠죠."

"아니, 그게 아니라."

저기 싸울 때 싸우더라도 오해는 하지 말자, 우리. 우리 잡아봐야 그거 안 줘요.

결국 한시민의 축복의 반지를 노리고 온 유저들이라는 사실에 억울함이 몰려왔지만 항변할 시간 따위는 존재하지 않았다.

"와아아!"

켄지의 압도적인 재력으로 무장한 헬퍼들이 죽음을 두려워 않고 달려오기 시작했으니.

"……언니, 오빠. 이거 죽을 각 아니야?"

"예슬이가 이제 킬 각도 볼 줄 아네."

막상 허세를 부리긴 했지만 막막한 건 변하지 않는다.

실드 때도 그렇지만 극소수의 유저 셋으론 사방에서 달려드는 좀비들을 막지 못한다. 갑자기 한시민이라도 나타난다면 모를까.

마지막 희망!

다가오는 유저들을 보며 기다려 봤지만 안타깝게도 원하는 기적은 일어나지 않았다.

동시에 스페셜리스트가 자세를 잡았다.

"튀자."

어떻게든.

살아남을 확률은 싸우는 것보다야 높겠지.

강예슬이 원하는 대로 지루하던 사냥에 변화가 찾아왔다.

깔끔한 통보 후, 추가적인 질척거림을 막기 위해 강화하는 동안 모든 대화를 차단한 한시민이 잠시 쉬기 위해 로그아웃했을 때, 시계 용도로만 사용하던 휴대폰에 문자가 와 있었다.

"대출인가?"

그럴 나이도 아닌데. 신기하네.

혹시 대학교 때 여자 동기들이나 후배?

슬쩍 희망을 갖고 확인한 한시민의 표정에 눈에 띄게 밝아졌다.

"설아 씨가 왜?"

대학 동기나 후배보다 훨씬 예쁜 여자잖아!

물론 갑자기 사심이 생겨서 단둘이 술이나 한잔하자는 내용일 리는 없지만 왠지 모르게 기대가 되며 절로 휴대폰에 손이 갔다.

"엥?"

그리고 내용을 본 한시민이 곧장 옷을 챙겨 입고 밖으로 나갔다.

4

현실에서의 두 번째 만남도 술집!

나쁘지 않은 장소였지만 분위기는 우중충했다.

정설아, 정현수, 강예슬.

이미 양주를 까서 마시는 상태.

"뭐예요, 이 분위기는?"

순간 멈칫하게 만든다.

왜 사냥하다 말고 술을 마시고 있지?

가끔 휴식을 취하는 것도 나쁘지 않은 선택임은 맞지만 적어도 지금 시기에는 아니다. 1위를 달성했다고 해도 당장 한 시민이 빠져 있고 며칠이 걸릴지 모르는 강화에 역전당하고 싶지 않으면 적은 경험치나마 꾸준히 얻어야 하니까.

게다가 식사 한 끼라도 술의 양이 너무 많잖아.

"마시고 내일 뻗으려고 그래요?"

"우웅!"

대답은 강예슬에게서 나왔다.

축 늘어져 술잔을 기울이는 그녀가 배시시 웃었다.

"우리 다 못 들어가."

"어딜?"

"집에!"

"……?"

이건 또 무슨 술주정뱅이 소리래. 이해할 수 있게 말을 해야 알아듣든 하지.

"에라, 모르겠다."

일단 앉아 빈 술잔에 양주를 따랐다. 뭔지 몰라도 눈앞에 평생 내 돈으로 사 먹지 못할 술이 쫙 깔려 있는데 남의 속사정 따위야!

"크."

독한 양주가 목구멍을 넘어가며 몸의 열기를 더한다.

와, 씨. 소주랑 차원이 다르네.

동시에 축 처진 셋 따윈 시야 밖으로 떠나 버렸다.

"캬, 크."

아직 강화해야 할 것이 많지만 한 잔이 넘어가니 두 잔을 채우지 않을 수가 없었다.

'다 먹고살자고 하는 짓인데.'

버는 돈은 또 언제 어디서 사라질지 모른다. 그러니 마시자!

"으어어엉. 오빠, 우리 죽었다고!"

"응, 잘했어."

"아니! 우리 죽었어. 으어엉."

"원래 먹고 죽은 귀신이 때깔도 좋은 거야. 마셔, 마셔."

그렇게 시간이 흐르니 답답했는지 정설아가 몽롱한 눈빛으로 한시민에게 손을 내뻗었다.

"……?"

저도 모르게 고운 손을 잡는다. 그리고 마주치는 시선. 반쯤 풀린 눈동자가 거세게 흔들린다.

뭐지?

"설아 씨?"

이건 혹시 술김에 내뱉는 숨겨왔던 진심? 들이켠 양주 두 잔에 심장이 뛰기 시작한다.

역시 김칫국의 달인!

하나 분위기가 심상치 않은 건 사실이었다.

젊은 남녀가 술자리에서, 손을 잡고 눈을 마주친 채 그윽하게 서로를 바라보고 있다니! 그것도 이런 미녀와!

떨리지 않는다면 남자도 아니리라.

"복수할 거예요. 도와주세요."

"……예?"

하나 떨리는 그녀의 입에서 나오는 말은 한시민의 예상과는 전혀 다른 것!

"그 개자식들…… 죽여 버릴 거야."

"……엥?"

거기다 처음 듣는 그녀의 욕까지!

가장 멀쩡한 정현수에게 고개를 돌리고 나서야 사건의 진상을 깨달을 수 있었다.

"네 반지를 노리고 전 랭킹 1등이었던 유저가 길드를 이끌고 우릴 쳤어. 겨우 도망치나 했지만 죽었고."

"아!"

하긴, 그토록 목숨 걸고 하루 4시간씩 자던 스페셜리스트가 여기서 4시간 동안 술이나 마시고 있을 이유가 없네.

여전히 느껴지는 부드러운 손을 쓰다듬으며 말했다.

"그럼 당연히 도와드려야죠. 같은 길든데."

"……고마워요."

"이번 건 서비스로 해드릴게요. 감히 내 반지를 노렸다니 혼 좀 나야겠네."

술이 한 잔 더 넘어간다. 눈매가 가늘어지고 입꼬리가 말려 올라간다. 스페셜리스트가 죽은 것도 안타까운 일이지만 자신의 반지를 노린다는 게 더 큰 문제!

'이런 건 초반에 싹을 뽑아야지.'

한 잔 더 삼키고 자리에서 일어났다.

"천천히 마시고 쉬다 오세요."

감히 우리 호갱님들을 건드리다니. 어떤 새끼인지 면상 좀 봐야겠다.

술집을 나서는 한시민의 손에는 아직 따지 않은 양주 한 병이 들려 있었다.

켄지 길드의 위치를 찾는 건 어렵지 않았다.

"캬, 이렇게 돈을 처바르면서 게임을 하니 레벨이 오를 수밖에."

방송 목록에 떡하니 홍보하고 있었으니까.

명성 때문인지, 길드 홍보 때문인지, 그도 아니면 자기만족인지 몰라도 당당히 자신의 사냥법을 공개할 수 있는 배짱이라니.

"하긴, 누구나 따라할 수 있는 게 아니니까."

하나의 길드 자체가 그를 위한 레벨 업 헬퍼들이다. 수백 명의 유저가 오로지 그를 위해 장비를 세팅하고 사냥하고 경험치를 몰아준다.

거기에 드는 비용, 시간까지 전부 지불할 능력이 있을 때 비로소 시도를 할 수 있는 방법.

"차라리 날 고용하지. 쯧쯧."

저 돈이면 얼마든지 더 효율적인 속도를 뽑아내 줄 수 있을 텐데.

지금이야 스페셜리스트와 계약을 체결한 상태이니 어쩔 수 없다고 해도 다음에 기회가 된다면 한번 접근해 보리라 생각했다. 적도 포용할 줄 아는 장사꾼이야말로 진정한 부자가 될 자격을 갖춘 장사꾼이니까.

"어디 보자, 저기가……"

어쨌든 그건 그거고 지금은 감히 48시간이나 강제로 수익을 끊어버린, 그리고 접속할 때마다 죽이겠다고 선전포고한 그들에 대한 보복이 먼저다.

아직 강화할 게 많아 48시간의 수익 공백이야 상관없다 쳐도 앞으로 계속 이런 식이라면 계획한 목표 수익을 채우기는커녕 거지가 될지도 모른다.

가져온 양주를 잘 보이는 곳에 진열한 뒤 캡슐에 누웠다.

설레는 마음은 굴뚝같았지만 냉철한 이성은 항상 유지해야 한다.

괜한 설레발로 준비를 덜하고 갔다가 혹여 토끼라도 몇 마리 죽는다면 그야말로 뼈를 깎는 손해!

남의 열 손가락 잘리는 것보다 자기 새끼손톱이 더 중요한 한시민에게 항상 주의해야 할 사항이다.

해서 강화가 끝나기까지 며칠 더 기다렸다. 그사이에 스페셜리스트가 부활하고 쫙 깔린 켄지 길드원들 때문에 성 밖으로 나가지 못했다는 소식이 들려왔음에도 참았다.

하루, 이틀.

150만 원씩 쌓이는 손해 때문에 속이 쓰렸지만 언젠간 거쳐야 할 과정이라면 지금 손해 보는 게 낫다.

게다가 이 일을 책임지라 할 대상도 존재하지 않는가.

물론 한시민은 다급해하지 않을 뿐 느긋하게 움직이지도 않았다. 보다 빠른 강화를 위해 마차 빌리기를 서슴지 않았으며 휴식 또한 마차로 이동하는 동안 보이는 몬스터는 자비 없이 때려 죽였다.

그렇게 완성된 토끼 부대가 든든히 한시민의 앞에 서 있었다.

"와, 이게 다른 유저들이 나를 보는 시선이구나."

장엄. 근엄.

무슨 단어를 갖다 붙여야 이 느낌을 말로 표현할 수 있을까.

어제까지만 해도 오와 열을 지키는 토끼들이 그저 귀엽기만 했다면 지금은 뭔가 진짜 군대 같은 느낌이 났다.

"후, 하얗게 불태웠다."

3천 개의 강화석.

드는 돈도 돈이지만 골드를 구하는 것부터 강화석 물량을 구하는 것까지 지금껏 판타스틱 월드를 플레이하며 쌓아온 한 시민의 업보가 아니었다면 절대 불가능했을 일이었다.

아마 유저든 NPC든 그 많은 물량을 구해놓고 사재기를 통한 시세 차익을 거두는 대신 웬 토끼들에게 입힐 방어구와 무기를 강화했다는 소식을 들으면 기겁하리라.

그만큼 많은 양이었고 전설의 레전드 강화사가 아니었더라도 엄청난 고생이었다.

그러니 이제는 일어날 때다. 보여줄 때다!

"가자."

"뀨우!"

토끼들이 환호했다. 잠자코 다물어져 있던 그들의 입이 벌어지며 진홍빛 금니들이 반짝이는 햇빛에 비쳐 찬란하게 빛났다.

"다 뒤졌다."

언젠가 한 번쯤 상상했던 걸 현실은 아니지만 게임에서나마 펼칠 수 있다니!

받아내야 할 손해배상 금액을 생각하며 당당하게 진격했다.

5

켄지 길드는 잠시나마 암울했던 분위기를 벗어던지고 다시 예전의 활기찬 길드로 돌아갔다.

"1위 탈환 축하드립니다, 길마님."

"고마워요. 다 플래너 덕분이죠."

"아닙니다. 제가 보다 근본적인 대책을 강구했어야 하는데. 죄송합니다."

만약 1위를 빼앗기고 되찾지 못했더라면 웃으면서 하지 못했을 이야기!

여전히 스페셜리스트가 가지고 있을 것이라 추정되는 경험치 아티펙트는 빼앗지 못했지만 켄지는 그렇게 속이 꽉 막힌 사람은 아니었다.

얻는 게 있으면 잃는 것도 있다. 세상 모든 것을 얻을 순 없다!

돈 많은 자들은 언제나 현실을 직시한다.

갖고 싶은 마음은 굴뚝같지만 보챈다고 가질 수 있는 물건이 아니다.

"그들은 어떻게 됐나요?"

"성에서 나오지 않고 있습니다."

"흠, 방법을 강구할 텐데 대책은 세워놨나요?"

"어차피 시간은 저희 편입니다. 게임을 접을 게 아니면 어떻게든 나올 테고 혹여 계정 삭제 후 다시 만든다 해도 경험치 아티펙트는 사라지는 것이니 우리에게 나쁠 게 없습니다. 물론 가장 좋은 방법은 나오는 그들을 죽이고 빼앗는 것이지만요."

"계속 감시를 붙여놓으세요."

"네, 알겠습니다."

사실 이렇게까지 할 필요는 없다. 레벨 랭킹은 뒤집어졌고 이대로 한 달만 지나면 켄지는 여유롭게 홀로 50을 달성할 수 있을 테니까.

하지만 경험치 아티펙트가 있으리라 확신하게 된 상태에선 다르다.

그들에게 사람을 붙여 돈을 소비해서라도 경험치 아티펙트를 얻고 싶다.

켄지에겐 큰돈이 아니니 투자할 만한 가치가 있는 셈.

"어쨌든 그 외의 유저들은 이제 쫓아오지 못할 정도로 격차가 벌어졌으니 다시 건강 챙기시며 규칙적인 레벨 업 하시면 될 것 같습니다."

"네, 앞으로도 고생해 주세요."

훈훈한 마무리! 그리고 이동하는 길드!

오늘은 사냥터를 옮기는 날이다.

오랜만에 좋은 아이템이 경매장에 나와 구했고 레벨도 42를 앞두고 있으니 보다 높은 레벨의 사냥터에서 사냥해도 충분하다.

"오늘 사냥하실 사냥터는 뱀 계열의 몬스터입니다. 레벨은 50대 후반이고 주로 안 보이는 곳에서 내려와 몸을 감싸 체력을 낮추거나 독이 담긴 이빨로 공격하니 그 부분만 조심하시면 될 것 같습니다."

도착하자마자 이어지는 브리핑과 길드원들의 철두철미한 대응.

과연 한두 번 해본 솜씨가 아니라는 게 드러나는 단결력!

하나 든든해해야 할 켄지의 표정은 그리 밝지 못했다. 칭찬을 기다리던 플래너의 입장에선 반갑지 않은 소식.

뭐지? 뭐 잘못 됐나?

초조한 심정으로 켄지의 시선이 향하는 곳을 따랐다.

켄지가 이유 없이 이런 표정을 지을 리가 없다. 무언가 상황이 원하는 대로 흐르지 않거나 예상치 못했던 상황이 펼쳐

겼을 때나 보이는 표정!

"엥?"

그런 생각으로 앞으로 향한 시선은 플래너에게도 당혹스러움을 선사했다.

"뭐, 뭐지?"

왜 켄지가 그런 표정을 지었는지 한 번에 이해했다. 그도 보자마자 당황하지 않는가.

앞쪽에는 당연히 존재해야 할 몬스터가 없었다. 대신 낯익은 얼굴이 있다.

"왜 토끼가 여기 있죠?"

……그러게요.

플래너가 묻고 싶은 질문이다.

여긴 분명 50레벨 후반의 몬스터들이 서식하는 사냥터다. 답사도 몇 번 했었고 길도 이 길이 맞다. 무엇보다 토끼가 살 만한 환경이 아니다.

"뭔가 심상치 않은 토끼처럼 보이는데요."

"……처음 보는 몬스터 같습니다. 그냥 토끼라 생각하면 안 될 듯한데요."

애당초 뭔지 모르니 대책이 설 리가 있나.

슬쩍 근처에 뱀들이 있나 살펴봐도 뱀 껍질 그림자조차 보이지 않는 상황.

여기서 주어지는 선택지는 두 개다.

도망치느냐, 도전하느냐.

게임이니만큼 그냥 마음 내키는 대로 행동해도 별 상관은 없지만 게임을 현실보다 더 계획 있게 하는 입장에선 그 무엇보다 신중하게 생각해야 할 문제!

돌아가면 그만큼 시간이 낭비된다. 시도하면 죽음을 각오해야 할지도 모른다.

"트라이해 보죠."

"예, 길마님."

하나 켄지에겐 그를 대신해 죽어줄 수많은 길드원이 있다. 감수해야 할 위험이 없다는 뜻.

붉은 오라가 넘실거리는 토끼를 보며 유저들이 각자의 무기를 빼 들었다.

"새로운 몬스터입니다. 트라이해 봅니다."

"예!"

유저들 역시 죽을지 모른다는 것에 거부감 따위 없이 전의를 불태웠다.

죽으면 오히려 돈을 받을지도 모른다. 게다가 48시간 동안 쉴 명분 또한 생긴다.

현실도 아닌데 망설일 이유가 없다.

"고작 세 마리니 너무 긴장하지 말고 가 봅시다."

게다가 몬스터는 고작 셋이다. 반면 켄지 길드는 100이 넘고.

누가 처음 보는 몬스터라 두려워하겠는가.

유저들이 거침없이 내달렸다. 그럼에도 토끼들은 가만히 그들을 지켜만 보았다.

점점 좁혀지는 거리.

그리고.

"······!"

기다렸다는 듯 사방에서 하나둘 고개를 내미는 또 다른 토끼들을 보는 순간 켄지 길드원들의 등골이 서늘해졌다.

아직 아무 일도 일어나지 않았지만 오랜 시간 게임을 플레이한 유저로서 느낄 수 있는 본능이랄까 감이랄까.

위험하다! 여긴 아닌 것 같다!

특히 목숨 하나에 울고 웃는 판타스틱 월드에선 그 감이 더 미친 듯 발동했다. 하지만 물리기엔 이미 늦었다.

"물어!"

어디선가 들려온 남자의 목소리와 함께 가만히 서 있던 토끼들이 일시에 이빨을 내보이며 달려들었으니까.

"으아아악!"

"이런 미친! 이거 뭐야!"

"무슨 토끼 방어력이 이렇게 높아!"

"물리니까 상태 이상이 걸립니다!"

아비규환.

이 한마디로 정의되는 상황.

사방에서 나타난 수십 마리의 토끼에 잠시나마 주춤했으나 유저들은 자신이 있었다.

자신들은 비록 켄지의 돈을 받으며 게임을 하지만 나름 게임에 소질이 있고 빵빵한 지원금으로 장비까지 맞춘 이들이 아닌가!

호흡도 나름 잘 맞고. 기껏해야 토끼의 업그레이드 버전 정도 되어 보이는 몬스터에게 질 순 없지.

라는 생각은 토끼가 공격을 맞으면서 달려들어 무는 순간 엄청나게 들어오는 대미지에 깨져 버렸다.

체감상 대충 레벨이 80은 넘는 것 같다.

대부분 유저가 같은 생각이었고 이는 곧 사기의 저하로 이어졌다.

켄지 길드가 강한 이유는 많은 숫자와 아이템에서 오는 이점인데 그게 통하지 않는 수준의 몬스터라면 여타 유저들처럼 몬스터들의 강함에 무릎을 꿇을 수밖에 없으니까.

"1팀 3명 사망!"

"2팀 2명 사망입니다."

"3팀…… ."

순식간에 피해 상황이 길드 대화를 통해 전달되었다. 동시에 켄지의 표정이 굳었다. 생각보다 피해가 크다. 그만 죽지 않으면 된다는 건 안일한 생각이었다. 저들이 없으면 사냥도 느려진다.

"후퇴! 후퇴합니다!"

곧바로 후퇴 명령이 떨어졌다. 그나마 살아남은 유저들이 황급히 뒤로 물러섰다.

시간이 지날수록 진홍빛 토끼들의 무서움이 점점 드러났다.

"으악! 미친! 몬스터들이 유품을 주워간다!"

"이런 또라이 같은 토끼들이!"

세상에, 유저가 떨군 아이템을 줍는 몬스터라니!

원래는 죽으면 부활한 뒤, 혹은 다른 유저가 시간이 지나고 그 자리에 가 유품을 주워주는 게 일반적이다. 그런데 이렇게 되면 저 토끼들을 죽이지 않는 이상 자신이 떨군 아이템은 평생 못 찾는다는 말과 다르지 않다.

잡템이라면 모를까 비싼 돈을 주고 산 무기라도 떨어뜨리는 날엔…… .

"빨리 도망쳐!"

"뭐야, 여기."

"이런 젠장! 사냥터를 골라도 하필……."

사방에서 플래너에 대한 원망이 들려왔다.

켄지 역시 말은 안 하지만 시선이 그리 좋진 않았다.

왜 저런 토끼들이 여기 있는지에 대한 문제를 아직 해결하지 못해 억울하지만 그건 그가 감당해야 할 문제였다. 결국 모든 결정권은 그에게 있었으니.

'일단 살고…….'

빠르게 다른 사냥터를 알아보자. 엎질러진 물을 신경 쓰다 보면 다른 것까지 잃을 수도 있으니까.

"후."

한참을 뛰어 사냥터 밖으로 나온 켄지 길드가 자리에 서서 숨을 골랐다.

설마 여기까지 따라오리란 생각은 조금도 않았다.

아무리 현실성을 반영한 게임이라 해도 선공을 날린 것도 아니고, 부끄럽지만 한 마리의 토끼도 죽이지 못해 어그로를 많이 먹지 못한 상황이니까.

게다가 토끼들은 죽인 유저의 아이템을 우선순위로 줍느라 거리는 점점 벌려져 있었다.

이 정도면 아마 다시 그들의 영역으로 돌아갔으리라.

"피해는?"

"1팀 4명입니다."

"2팀……."

암울한 분위기 속 정비가 이루어졌다.

하나 그 암울함도 그들에겐 사치였다.

"가라! 토카츄!"

"뀨우!"

우거진 밀림 속 또다시 들려오는 목소리와 함께 좀비 같은 토끼들이 다시 몰아치기 시작했으니.

[+15 토끼 옷]

* 등급: Rare

* 착용 레벨: 25

* 착용 제한: 토끼

* 방어력: 10(+100)

* 옵션 1: 민첩 +2(+20)

* 옵션 2: '짙은 붉은 오라' 효과 적용

  −방어력 +20

  −체력 회복 +30%

  −체력 +10

  −피격 시 일정 확률로 대미지 감소 +10%

[+15 토끼 금니]

* 등급: Rare

* 착용 레벨: 25

* 착용 제한: 토끼

* 공격력: 30(+300)

* 옵션 1: 힘 +2(+20)

* 옵션 2: '짙은 붉은 오라' 효과 적용

    —공격력 +15

    —공격 시 체력 흡수 +3%

    —공격 시 일정 확률로 출혈 효과

* 특수 옵션 1: 공격 시 일정 확률로 상태 이상 유발: 중독, 혼란, 기절

아름다운 토끼의 장비 스펙.

제작 과정부터 비싼 재료들을 가져다 제작하니 레어 등급이 떴고 덕분에 강화한 뒤에는 비슷한 레벨 유저들 정도는 가볍게 이기는 수준의 괴물 토끼가 완성되었다.

"미쳤는데?"

한시민조차도 예상하지 못했던 결과.

직접 앞장서 혹여 토끼들이 죽을까 신경 써야 하는 거 아닐까 노심초사했던 모습이 초라해질 정도였다.

물고 뜯고 죽이고 챙기고.

명령을 200% 수행하는 예쁜 토끼들이 괜스레 울컥하게 만든다.

"크, 투자한 보람이 있군."

물론 대부분은 강화사들이 지원해 준 셈이지만 그 역시 장비를 만드는 데 억이 넘는 돈을 사용하였기에 이미 머릿속은 이 모든 게 그의 공이라는 인식이 잔뜩 심어져 있었다.

"멋져, 멋져."

굳이 손 쓸 필요도 없이 명령 한 방에 상황이 해결됐다.

돈을 물 쓰듯 쓰는 길드를 박살 내는 일임에도!

고작 테이머의 몬스터들이 알아서 해결하는 전투라니.

죽어 나가는 켄지 길드에게 다가갔다. 안전 지대인줄 알고 방심하던 그들은 아까보다 훨씬 큰 피해를 입고 있었다.

한꺼번에 죽음을 각오하고 덤볐으면 토끼들의 피해도 아예 없을 수는 없었을 것이다. 아무리 15강 아이템이라 해도 한시민처럼 둘둘 두른 게 아니고, 켄지 길드원들의 장비 수준 역시 무기는 대부분 훌륭한 것들이었으니까.

하지만 토끼들의 레벨과 습성, 공격 패턴에 대해 모른다는 점은 그들로 하여금 무모한 시도를 자제하게 만들었다. 도망쳐서 다른 몬스터를 잡으면 된다는 안일한 생각도 한몫했고.

어찌 됐든 28레벨의 토끼들은 덕분에 켄지 길드를 마음껏 죽였고 일정 숫자 이하로 떨어진 그들은 더 이상 대항할 힘이 없었다. 도망친다는 건 켄지가 싸우는 마당에 절대 있을 수 없는 일이고.

"아이고, 다들 안녕하세요?"

"……?"

상황이 거의 정리될 때쯤 모습을 드러냈다. 켄지를 포함해 몇 명 남지 않은 상황이기에 스페셜리스트가 당했던 것처럼 토끼 떼에 둘러싸인 형태가 될 수밖에 없었다.

"좀 힘들어 보이시는데 도와드릴까요?"

"누구신지 모르겠지만 부탁드리겠습니다!"

쯧쯧. 얼마나 급했으면.

정상적인 사고를 할 수 있었다면 이런 난리통 속에 나타난 사람을 공격하지 않는 토끼에 대해 의문을 느낄 법도 한데 어떻게든 죽지 않고자 공격을 막고 있는 켄지의 말에 혀를 찼다.

그래, 게임이든 현실이든 죽는 거 좋아할 사람은 없으니까. 도와주기로 했다.

"알겠습니다. 토카츄들, 돌아와!"

"뀨!"

명령과 함께 순식간에 대형을 물리는 토끼들.

순간 남은 열댓의 시선이 한시민에게 향했다.

뭐지, 이 새끼는? 하는 눈빛!

상당히 익숙하면서도 반갑다고 해야 할까.

"누구냐!"

"이야, 숨 좀 돌리자마자 태세 전환하는 클래스가 남다르시네. 역시 랭킹 1위라 그런가?"

"……그쪽 수작입니까?"

아차 하며 말을 회수하는 켄지.

그의 방송은 항상 켜져 있다. 게다가 보는 눈이 적은 것도 아니고.

"글쎄요. 제 토끼들이 맞긴 한데 제가 시킨 건 아니라……."

"……."

아니긴 개뿔. 분명 물으라고 하는 소리 다 들었는데.

어이가 없어서 따질 말도 나오지 않는다.

"너무 그런 눈으로 보지 마세요. 괜히 나쁜 놈 된 거 같잖아."

"……이러고 무사하리라 생각하십니까? 판월 게시판에 무차별 PK 유저로 등재되고 우리 길드에서 접을 때까지 보복할 겁니다."

"그러시든가."

하나도 안 무섭다. 두려운 게 있다면 부자들이 그에게서 더 이상 살 무언가가 없어지는 것!

하나 그는 많은 걸 갖고 있다.

축복의 반지.

새로 생긴 토끼 군단!

게임을 플레이하는 데에 귀찮음을 덜고 싶어 하는 부자들에게 한시민은 고작 남이 하는 몇 마디로 고개를 돌릴 만큼 영향력 없는 사람이 아니다.

"근데 그러면 그쪽 손해일 걸요?"

"……?"

"경험치 반지. 찾고 있잖아요."

거기다 분노에 부들부들 떨고 있는 켄지에게 웃으며 왼손을 들어 보인다.

동시에 미묘하게 변하는 표정!

"그게 당신의 것이라고?"

"그러게 왜 애먼 유저들을 오해하고 건드려요. 쯧쯧. 먼저 시작한 쪽은 그쪽이니 너무 원망하지 말아요."

"……"

거짓일 수도 있다.

하지만 넘치는 자신감은 켄지로 하여금 믿게 만들었다.

"당신은 어떻게…… 레벨이 몇입니까?"

그런 생각이 들자 자신의 길드원들이 죽었다는 사실도 잊고 질문을 던졌다.

켄지는 그런 사람이다.

사업가!

게임에서 억 소리가 날 만큼 돈을 뿌리고 있지만 현실에선 그보다 더 많은 돈을 냉철한 마음으로 벌고 있는 사람!

당연히 어제의 적도 오늘의 동료로 받아들일 준비가 언제든 되어 있다.

"호오."

대충 하다 슬쩍 영업할 생각이었던 한시민에겐 희소식!

"그 반지, 파실 의향은 없으십니까?"

"당연히 있죠."

"오! 가격은 얼마든 지불할 의향이⋯⋯."

"근데 안 팔아요. 시간제 알바만 뛰거든요."

"⋯⋯?"

"시간당 30만 원. 나중에 생각 있으면 연락 주세요."

인상 찌푸리는 켄지에게 용무가 끝난 한시민이 다시 토끼들에게 명령을 내린다.

토끼들이 달려들어 남은 유저들을 물어뜯었다.

결국 남은 건 켄지 혼자!

"뭐하자는 겁니까."

"말했잖아요. 그쪽이 죽인 스페셜리스트 복수라고."

직접적으로 말한 적은 없지만 그들을 언급한 것만으로 힌트는 충분했다.

켄지가 못마땅해하는 건 그 부분이 아닌 듯했지만.

·

"죽이려면 죽이십시오. 시간 아깝게."

"그거야 제 맘이고요. 사실 돈 받고 살려드리고 싶긴 한데, 우리 쪽 호갱님들도 돈이 좀 많으신 분들이라. 조금만 기다리세요."

"......?"

무슨 말인지는 금방 이해가 됐다.

잠시 기다리다 보니 토끼 떼가 갈라지며 한 무리의 유저들이 나타났으니.

"와, 토끼 진짜 간지다."

"저 새끼는 내가 죽인다."

"고마워요, 시민 씨."

스페셜리스트.

그들이 성을 나와 이곳에 당도했다.

그건 곧 신호탄이었다. 켄지 길드와의 전면전을 알리는!

결국 켄지는 죽었다.

상처뿐인 복수!

"편한 사냥은 이제 물 건너간 건가."

"애초에 다들 많이 사렸던 거지."

"하긴, 우리가 언제 이렇게 지루하게 사냥만 했었나. 맨날 시비 거는 길드 처리하면서 레벨 올렸었지."

48시간의 접속 불가와 다시 엎어질 레벨, 그리고 자존심에 난 상처로 어떻게든 복수하려고 할 게 뻔한 켄지 길드와의 전쟁.

길고 긴 전쟁이 될 것이다. 둘 다 적당히 하다 물러날 성격들은 아니니.

어쩌면 어느 한쪽이 만신창이가 되어 강제로 게임을 접게되는 수준까지 가야 끝날 수도 있다. 그리고 그건 하루 이틀만에 결판이 나지 않을 가능성도 높고.

"오늘부터 저희 서비스를 이용해 주시는 분들껜 특별히 시비 거는 놈들을 막아주는 안전 세이프 경비가 시행되니 걱정말고 사냥하세요."

"……."

그런 고충을 한시민은 제대로 찔렀다.

어차피 토끼들이야 이제 한시민 대신 사냥을 시작할 텐데그러는 도중 나타나는 유저들쯤이야 부수입으로 사냥한다 생각하면 편하다.

그로 인해 그가 겪을 위험도 분명 존재하겠지만 세상에 위험 없는 돈이 어디 있겠나!

이런 위기를 잘 넘기는 모습이 널리 알려진다면 너도 나도한시민의 축복의 반지를 이용할지 모른다.

"오빠는 진짜 우리 아빠가 보면 완전 사랑할 것 같아. 사막에 가서도 모래 팔아먹을 사람 같아."

"고맙다. 대기업 회장님이 좋게 봐주시다니. 나중에 게임 망하면 회사나 차려야겠네."

"응, 내가 전 재산 털어서 투자해 줄게."

감탄하며 말하지만 말 속엔 고마움이 듬뿍 담겨 있었다.

이미 죽음도 겪고 최강이라는 자부심이 있는데도 성 밖으로 나가지 못하는 답답함까지 겪지 않았던가! 안 그래도 강한 자존심들이 보다 빨리 강해지고 싶다는 욕망을 부추길 상황이다.

그런 와중에 매일 뭐만 하면 돈을 받아내던 한시민이 무료로 보호해 주겠다고 하다니! 눈에 하트가 가득 찬다.

강예슬만이었으면 사양했겠지만 정설아 역시 눈빛에 따뜻함이 가득했기에 어깨를 펴고 마음껏 즐겼다.

'역시 인간은 참 단순해.'

이래서 쉽게 호의를 베풀지 않는다.

쉽게 베푼 호의는 금방 권리로 변하지만 가끔 베푼 호의는 두 배로 증폭되어 각인되니까.

게다가 돈도 안 드는 서비스로 얻은 신뢰다.

"그럼 50까지 달려보실까요? 마침 켄지 애들이 좋은 사냥터 하나 추천해 주고 갔는데 그냥 여기서 하시죠?"

"네, 그럴게요. 50까지 쭉 부탁드려요."

"걱정 마세요. 이제 어디 가고 싶어도 갈 일이 없으니."

물 들어올 때 노 젓는 법!

호의가 가득한 스페셜리스트가 사냥을 준비했다.

그들을 모두 죽인 사냥터에서 움직이지 않고 사냥하는 것은 명백한 도발임에 틀림없지만, 하나둘 자신의 가죽에 넣어둔 아이템들을 꺼내는 토끼들을 보고 있노라면 왠지 모르게 안심이 된다.

그리고 인정했다. 현시점에서 한시민은 넘을 수 없는 벽이다.

레전더리 등급의 강화사와 테이머. 이 두 직업을 얻은 게 운이든 아니든 여기까지 끌어올린 건 온전히 그만의 실력이니까.

인정하고 도움을 받는다.

그렇게 크다 보면, 나중엔 그보다 강해질 날이 오리라 믿었다.

"현재 레벨 41. 50까지 9레벨이니 자는 시간 2시간으로 줄이고 1업당 3일 잡아 한 달 안에 도달을 목표로 가자."

"으아아, 지옥이 시작되는구나."

"한 달. 그다음엔 장비 맞추자."

"그런 자세 아주 좋습니다. 제가 특별히 100번 강화하면 1

골드 정도는 깎아드리겠습니다."

얼핏 들으면 인상부터 찌푸려지는 시간이다.

하나 각오를 다진 그들에게, 돈을 갈고리째 끌어모으겠다는 의지를 가진 한시민에겐 그리 긴 시간이 아니었다.

"가자!"

극기 훈련이 시작됐다.

7

한 달이 지났을 때 정산 받아야 할 금액을 계산한 한시민이 돌연 외쳤다.

"와, 씨. 집 사야겠다."

하루 이틀이면 괜찮다. 1주, 2주 정도도 버틸 만했다. 한데 한 달 동안 한 번 사냥터를 옮긴 채 하루 종일 같은 몬스터만 보다 보니 진짜 이러다 정신병 걸리겠다는 생각이 들었다.

그나마 군대에서 배운 정신 놓고 멍 때리기 스킬이 없었다면 그마저도 버티지 못했을 것이다.

그건 스페셜리스트 역시 마찬가지.

"언니, 이틀만 쉬자. 나 클럽 좀 갔다 와야겠어. 몬스터 비명만 듣다 보니 이제 환청이 들리는 거 같아."

"……설아야, 그러자. 이러다 몸 다 망가져."

"그럼 딱 이틀만 쉬자."

열정이 넘치는 정설아마저 별다른 토를 달지 않고 고개를 끄덕였다.

진짜 영혼을 바친 사냥이었다.

도중에 한두 번 켄지 길드에서 복수랍시고 달려들어 몇 시간 낭비한 것만 빼곤 사냥한 기억밖에 없다. 차라리 또 한 번 와줬으면 하는 바람이 생길 정도.

어찌 됐든 힘겨운 시기를 이겨냈고 셋 모두 50레벨을 달성했다. 뒤늦게 추격을 시작한 켄지의 레벨이 47인 점을 생각해 보면 적어도 열흘 이상의 여유가 생긴 셈!

"그럼 모두 수고하셨습니다."

"돈은 나가서 입금해 드릴게요."

"네, 천천히 주셔도 돼요."

"오빠, 그런 눈빛으로 거짓말하면 티 나."

"그래?"

다들 6시간 정도 퍼질러 자겠다고 호들갑 떨며 로그아웃했다.

그리고 혼자 남은 한시민이 기지개를 켰다.

그 역시 나가서 좀 쉴 생각.

-시민 님!

"……?"

그런 그를 붙잡는 목소리가 난데없이 들려왔다.

"환청이 들리네."

남자의 것이기에 가차 없이 무시하고 로그아웃하려던 찰나!

ㅡ……저 공헌이예요. 문제가 조금 생겼습니다.

"아씨."

인상을 잔뜩 찌푸린 한시민이 머리를 벅벅 긁었다.

"어디예요?"

무시하고 싶지만 그와는 리치 영지에 대한 심도 깊은 투자에 대해 이야기한 사이!

축 처진 어깨로 걷기 시작했다.

to be continued